そぼ濡れる未亡人

葉月奏太

Souta Hazuki

イースト・プレス 悦文庫

目次

そぼ濡れる未亡人

第一章　快楽に流されて

1

椎野佳正は二階の自室で勉強机に向かっていたが、シャーペンを置いて立ちあがった。

（絵那先生、やけに遅いな）

質問したいのになかなか戻ってこない。

かれこれ十五分は経っていた。佳正は不思議に思いながら部屋を出ると、階段を降りはじめる。

――すぐに戻るから、この問題を解いていてね。

先ほど家庭教師の待田絵那は、そう言って部屋から出ていった。

最初はトイレだと思って気にも留めていなかった。これまでも何回かあったことだ。ところが、今日はずいぶん時間がかかっている。なにかあったのではと心配になってきた。

「あっ……」

そのとき、小さな声が聞こえた。

はっとして階段の途中で足をとめる。今の声は絵那に間違いない。艶めかしい響きに感じて、思わず耳を澄ました。

階段を降りてすぐのところにリビングのドアがある。絵那の声はそこから聞こえた気がした。

(どうして、リビングから……)

ふと疑問が湧く。

トイレは一階の廊下を奥に進んだところにある。それなのに、どうして絵那の声はリビングから聞こえたのだろうか。まじめな絵那が家庭教師の授業中、リビングに立ち寄るとは思えない。

今日、母親の摂子は同窓会に出席しているため留守だ。そして、父親の俊蔵がめずらしく早く帰宅した。晩酌は毎日のことだが、さっそくリビングでウイスキーを飲んでいた。

もしかしたら、絵那は俊蔵に呼びとめられたのかもしれない。そして、つまらない話につき合わされているのではないか。しかし、先ほどの妙に艶めかしい声はなんだろうか。

　佳正は無意識のうちに足音を忍ばせて、リビングのドアに歩み寄る。

　ドアは木製で、はめ殺しのガラスの小窓が四つある。壁の陰に体を隠して、小窓から片目だけ出してリビングをのぞいた。

（なっ……）

　大きな声をあげそうになり、ギリギリのところで呑みこんだ。

　リビングでは俊蔵と絵那が並んでソファに腰かけている。身体を密着させており、俊蔵の右腕が絵那の肩にまわされている。それだけではなく、俊蔵と絵那は口づけを交わしていた。

「あンっ……」

　絵那が甘い声を漏らしている。

　両手を俊蔵の胸板にあてがっているが、力が入っているようには見えない。ただ添えているだけで、口づけを受け入れているようだ。

「ンっ……ンンっ」

　絵那の声が変化する。

俊蔵の舌が唇を割って、口内に入りこんだのだ。ナメクジのような舌がヌルヌルと出入りするのが見える。絵那の口のなかを舐めまわしているに違いない。さらには唇を密着させて、唾液をジュルジュルとすすりあげた。

（な、なんだよ、これ……）

佳正は凍りついたように固まった。

父親と家庭教師がなぜかキスをしている。しかも、唾液の弾ける音まで聞こえるディープキスだ。まったく予想していなかった光景を目の当たりにして、頭のなかが混乱していた。

佳正は十七歳の高校二年生だ。

父親は大学教授だが、佳正の成績はあまりよくない。とくに中学のときから数学が嫌いで、高校に進学すると完全な苦手科目になってしまった。成績は落ちる一方で、やっとのことで二年に進級した。そんな状況に危機感を持ったのは、佳正本人ではなく俊蔵だった。

大学教授なので世間体が気になったのかもしれない。

息子のふがいなさに呆れて、家庭教師をつけることを勝手に決めた。佳正はいやでたまらなかったが、厳しい父親には逆らえなかった。

そして、二年生になった今年の春、俊蔵の大学の教え子である待田絵那が家庭教師としてやってきた。

はじめて絵那に会った瞬間、雷に打たれたような衝撃を受けた。

父親にはできないが、家庭教師には反抗的な態度を取るつもりでいた。ところが、ひと目見ただけでそんな気持ちは消し飛んだ。

絵那はこれまで出会ったことのないタイプの女性だった。

淑（しと）やかで物静かな雰囲気だが、ほのかな色気も持ち合わせていた。黒髪のロングヘアは艶々（つやつや）しており、肌は雪のように白くて染みひとつない。微笑を湛（たた）えた唇も魅力的だ。

一瞬で絵那の虜（とりこ）になってしまった。

四つ年上の二十一歳、大学三年生と聞いていたが、こんなにも大人っぽいのかと驚かされた。同級生の女子とは比べものにならない。まるで別世界の住人のようで、胸の鼓動が一気に高鳴った。

今では週一度の家庭教師の時間が楽しみになっている。絵那に会えるのは、毎週水曜日の夕方五時から七時までだ。

衝撃的な出会いから三カ月が経ち、七月に入っていた。数学は相変わらず嫌いだが、絵那に褒められたくて勉強するようになった。努力の成果が出ており、成績は少しずつあがっていた。

勉強嫌いになったのは、父親のプレッシャーのせいだ。だが、父親の教え子である絵那のおかげで、勉強をがんばるようになった。絵那に感謝すると同時に、ほのかな恋心を自覚していた。

それなのに今、目の前で信じられない光景が展開されている。なぜか俊蔵と絵那が唇を重ねているのだ。

（え、絵那先生……）

佳正は心のなかでつぶやくだけで、身動きできなかった。

リビングの左側にはソファがL字形に配置されており、右側にはローテーブルと七十五インチの大画面テレビがある。ソファの奥のガラス戸にはレースのカーテンがかかっていて、オレンジ色に染まった空が見えた。

佳正の位置からだと、ソファに腰かけているふたりは真正面になる。

俊蔵は黒いガウンを着ており、絵那は濃紺のタイトスカートに白いブラウスという服装だ。俊蔵が右手で絵那の肩を抱き寄せて、左手で顎を支えて口づけをしていた。

やがて唇が離れると、絵那は困惑した感じで顔をうつむかせる。俊蔵は彼女の肩に右手をまわしたまま、片頬に笑みを浮かべていた。

「きょ、教授、こういうことは……」

絵那の声は消え入りそうに小さい。それでも、廊下にいる佳正の耳になんとか届いた。

「もったいぶらなくてもよいではないか」

俊蔵が絵那に話しかける。

決して大きな声ではないが、低くて押しの強い感じがする。その間も抱き寄せた肩を、手のひらでねちっこく撫でまわしていた。

なにやら妖しげな雰囲気が漂っている。

どう見ても、普通の大学教授と教え子ではない。いったい、ふたりはどういう関係なのだろうか。

（まさか、父さんが無理やり……）

いやな予感がこみあげる。

俊蔵が教授という立場を悪用して、教え子である絵那に無理やり迫ったのではないか。ふと、そんな想像が脳裏に浮かんだ。

(い、いや、いくらなんでも……)

父親に限って、そんなことはないと思いたい。厳しくて好きではないが、悪人ではないはずだ。

状況を把握しようと、リビングに目を凝らす。

絵那は顔をうつむかせているので表情はうかがえない。しかし、俊蔵の手を振り払って逃げることはできると思う。それをしないのだから、無理やりではないということか。

(でも……)

単位を盾に取られて抗えないだけかもしれない。

そんな記事をネットで読んだことがある。世のなかには、そういう悪い教授もいるのは事実だ。

(それなら……)

リビングに踏みこんだほうがいいのだろうか。

そのとき、ローテーブルに置いてあるグラスのなかで、氷がカランッと音を立てた。グラスの隣には、ウイスキーのボトルがある。ラベルに書いてある「竹鶴21年」という文字が、なぜか鮮明に記憶に刻みこまれた。

「わたしは本気だよ」

「きょ、教授――ンンっ」

絵那がなにか言いかけるが、すかさず俊蔵が顔を寄せる。そして、再び唇を重ねてしまう。

（と、父さんっ……）

佳正は思わず両目を見開いた。

またしても俊蔵と絵那がキスをしている。唇を奪われたことで、絵那の声は遮られた。

（ど、どうなってるんだ……）

なにが起きているのか理解できない。

ふたりが口づけを交わしている光景は衝撃的だ。だが、それ以上に絵那が抵抗しないことにショックを受けていた。

俊蔵は右手で絵那の肩を抱き寄せているが、左手は彼女の二の腕に添えられている。先ほどのように顎を支えているわけでもないのに、絵那は自分の意志で顔を上向かせていた。

「はンンっ……」

甘く鼻を鳴らして、俊蔵のキスを受け入れている。無理やり唇を奪われているわけではなかった。

(絵那先生……ど、どうして……)

佳正はただ見ていることしかできない。

母親が出かけている隙(すき)に、家庭教師に手を出している父親に怒りを覚える。しかし、それより絵那が抵抗しないことが気になった。

少しでもいやがってくれれば、飛びこんでやめさせるつもりだ。単位をやるからと言われて、無理やりキスされているのなら助けなければならない。だが、絵那は睫毛(まつげ)をうっとり伏せていた。

2

「ああンっ……」

絵那の声が変化する。

二の腕の添えられていた俊蔵の左手が、ブラウスの乳房のふくらみに重なったのだ。触れた瞬間、女体がピクッと小さく跳ねるように反応する。だが、絵那は顔を上向かせたまま、目を静かに閉じている。

俊蔵の指が乳房のふくらみに沈みこむ。ゆったりとした手つきで、ブラウスごしに柔肉を揉みはじめた。

「ンっ……ンンっ」

それでも絵那は抵抗しない。

俊蔵の左の手首をそっとつかむが、引き剝がすわけではない。ただ指をまわしただけで、力はまったく入っていなかった。

またしても濃厚なディープキスをしながら、乳房をこってり揉んでいる。俊蔵の指がブラウスの上からめりこんでいるのがはっきりわかった。さらにはブラウスのボタンを上から順にはずしはじめる。

「あっ……い、いけません」

絵那が唇を離して小声でつぶやいた。

はじめて抵抗の意志を示すが、俊蔵を突き飛ばしたりはしない。困惑の瞳を向けるだけで、目の下は桜色に染まっている。

「どうして、いけないんだ」

俊蔵は低い声で尋ねながら、手を休めることなくボタンをはずしている。

ブラウスの襟もとがはらりと開いて、ほっそりした首すじと白い乳房の谷間が露出した。

「い、今は授業中ですから……」

絵那が潤んだ瞳で俊蔵の顔を見あげる。声は弱々しく、慌てた感じでブラウスの襟をかき合わせた。

「少しくらい、いいではないか。佳正は自主性を身につけなければならない。先生に頼ってばかりでは伸びないだろう」

俊蔵はそう言って、絵那の手を胸もとから引き剝がす。そして、ブラウスのボタンをすべてはずしてしまう。

「ああっ……」

ブラウスの前が大きく開いて、絵那の唇から羞恥（しゅうち）の声が漏れる。

純白のブラジャーに包まれた乳房が露（あらわ）になり、新雪のように白くて染みひとつない肌もはっきり見えた。

（え、絵那先生……）

佳正の視線は絵那の身体に吸い寄せられる。

乳房の谷間が気になって仕方がない。くびれた腰の曲線も艶めかしく、縦長の臍も気になった。

「こ、これ以上は……佳正くんが待っていますから……」

絵那が自分の名前を口にしたことで、はっと我に返る。

(そうだよ。先生、早く戻らないと)

心のなかで呼びかける。

絵那が自分のことを気にかけているのがうれしい。俊蔵を振りきって、早く部屋に戻ってほしかった。

ところが、俊蔵は絵那の肩をがっしりつかんで放さない。顔をぐっと寄せると至近距離で語りかけた。

「そんなに慌てて戻らなくてもよいではないか」

そう言って、ブラウスを女体から剝ぎ取る。これで絵那が上半身に身につけているのは純白のブラジャーだけになった。

「で、でも、佳正くんが……」

「わたしだって、今日は待田くんのために早く帰ってきたんだ」

俊蔵が驚きの言葉を口にする。

めずらしく早く帰宅したので、なんとなく違和感を覚えていた。だが、絵那に会うためだとわかって納得だ。妻が留守なのをいいことに、最初から迫るつもりだったに違いない。

(父さん、なにをやってるんだ)

腹の底から怒りが沸々とこみあげる。

これまで父親に対して持ったことのない感情だ。母親を裏切り、片想いをしている絵那に手を出している。知らなかった父親の裏の顔を目にして、憤怒と嫌悪感が胸にひろがった。

(でも……)

絵那の抵抗が小さいことが気にかかる。

身体の前で腕をクロスさせて胸もとを覆い隠しているが、本気でいやがっているようには見えない。頬を桜色に染めるばかりで、逃げようとするそぶりはいっさいなかった。

「教授、困ります……」

口ではそう言っているが、瞳は拒絶していない。それどころか、媚びるような色が浮かんでいる。

(絵那先生、どうして……)

佳正は困惑して身動きできない。

今の絵那を見ていると、助けに入るのは違う気がする。本人はいやがるどころか、むしろこういう展開を望んでいたのではないか。ここで佳正が飛びこんだところで、感謝されるとは思えない。

「ああっ……」

そのとき、絵那が慌てたような声を漏らした。

俊蔵が彼女の背中に両手をまわして、ブラジャーのホックをはずしたのだ。乳房の弾力でカップがずれかけている。絵那は前屈(まえかが)みになり、両手でブラジャーを懸命に押さえた。

「お、お願いです。ここでは……」

「今さら、なにを言ってるんだ」

俊蔵は聞く耳を持たず、ブラジャーを強引にむしり取る。とたんに双(ふた)つの乳房がプルルンッとまろび出た。

(おおっ、絵那先生の……)

佳正は思わず両目を見開いた。

絵那の白くて大きな乳房が露になったのだ。柔らかく揺れているのに、張りがあって前方に飛び出している。先端にちょこんと乗っている乳首は、淡いピンク色で愛らしい。

童貞の佳正には刺激が強すぎる。

なにしろ、ナマの乳房を見るのもこれがはじめてなのだ。インターネットに溢（あふ）れている淫（みだ）らな画像とは異なり、絵那の乳房は美しさと色気が同居している。状況も忘れて、白い肌が形作るなめらかな曲線に見惚（みと）れていた。

「ほう、よい身体をしているではないか」

俊蔵が満足げにうなずき、双つの乳房に視線を這（は）いまわらせる。

「は、恥ずかしいです……」

絵那は慌てて両手で覆い隠そうとするが、その前に俊蔵が手首をつかんで動きを制した。

「ゆ、許してください」

「待田くんだって、こうされたいと思っていたんだろう。だから、ここに座ってるんじゃないのか」

「そ、それは教授にメールで呼ばれたから……」

絵那の声がいっそう小さくなっていく。

どうやら、絵那はトイレに行ったわけではないらしい。そういえば、佳正が数学の問題を解いている間、絵那はベッドに腰かけてスマートフォンをいじっていた。あのとき、俊蔵から呼び出しのメールがあったに違いない。

「ごまかさなくてもよい。待田くんの気持ちはわかっている」

俊蔵が急に真剣な顔で語りかける。

すると、絵那は言葉を返せなくなって黙りこんだ。視線が定まらなくなり、あたりをキョロキョロ見まわしている。いったい、なにをそんなに動揺しているのだろうか。

「わたしの愛人にしてやろう」

信じられない言葉が、俊蔵の口から飛び出した。

（お、おいっ）

さすがに聞き流すことはできない。

佳正は思わずドアレバーに手をかける。絵那に迫るだけでも怒りを覚えていたのに、愛人にするなど絶対に許せない。思いきってリビングに踏みこもうとするが、そのとき絵那の顔が目に入った。

「きょ、教授……それは、いけません」

言葉とは裏腹に瞳がしっとり潤んでおり、頰が明らかに紅潮している。憧れの人を見るような目で、俊蔵の顔を見あげていた。

「待田くん」

「わ、わたし、教授のこと……」

ふたりは吸い寄せられるように唇を重ねる。

またしてもディープキスで舌をからめて、唾液の弾ける湿った音が廊下まで響きわたった。

(なんだ……どうなってるんだ)

佳正は意味がわからず立ちつくす。

どうして、ふたりはキスをしているのだろうか。どうして、絵那は俊蔵を突き放さないのだろうか。これでは愛人になることを受け入れたように見える。全身から力が抜けて、握っていたドアレバーから手を放した。

「あっ……そ、そんな……」

乳房を揉まれて、絵那が困惑の声を漏らす。しかし、俊蔵は構うことなく、指を柔肉にめりこませた。

「こうされるのが感じるのか」

「ち、違います……」

絵那が視線をそらしてつぶやく。口では否定しているが、耳たぶは肯定するようにまっ赤に染まっている。

「それなら、もっと感じさせてやるか」

俊蔵が笑みを浮かべながら、双つの乳房をこってり揉みあげる。

「ンンっ……」

指がめりこむたび、絵那の唇からこらえきれない声が溢れ出す。

乳房はいとも簡単に形を変える。まるで搗き立ての餅のようだが、指が離れると瞬時にもとの状態に戻った。柔らかさと張りが同居しており、それが男を楽しませるらしい。

(あ、あんなに柔らかいんだ……)

佳正は廊下からのぞきながら、思わず生唾を飲みこんだ。

声を漏らすまいとして、絵那は下唇をキュッと噛んでいる。しかし、本当は身悶えするほど感じているのではないか。絵那の反応を見ていると、そんな気がしてならない。

「我慢しなくてもいいんだぞ」

「そ、そんなこと……」

「それなら、どうして乳首が硬くなってるんだ」

俊蔵は指の間に乳首を挟みこみ、揉むと同時にクニクニと刺激した。

「はあぁンっ」

「声が漏れてるぞ。やっぱりこれが感じるんだな」

「あぁンっ、そ、そこは……」

絵那が眉を八の字に歪めて腰をよじる。

強い刺激を与えられて、じっとしていられなくなったらしい。だが、抵抗するわけではなく、ただ俊蔵の手首をつかんでいる。瞳を潤ませて首を左右にゆるゆると振るが、そんな仕草が男の劣情を逆に煽っていた。

「そうか、これがいいのか。じっくりかわいがってやる」

俊蔵が指先で双つの乳首を摘まみあげる。集中的に転がせば、絵那の身体に小刻みな震えが走った。

「はンンっ、そ、それダメです」

「なにがダメなんだ。こんなに硬くなってるじゃないか」

その言葉どおり、指の間で乳首がとがり勃っている。乳輪までドーム状にふくらみ、感じているのは明らかだ。

「あンっ……今は許してください」

抵抗の声は弱々しい。絵那は乳房を揉まれながら押し倒されて、ソファの上で仰向けになった。

「ずっとこうしたいと思っていたんだ」

俊蔵の手がスカートに伸びる。

ホックをはずしてファスナーをおろすと、あっさり脚から抜き取った。ナチュラルベージュのストッキングが露になり、すぐさま俊蔵の指がウエスト部分にかかる。そして、薄皮を剝くように引きさげていく。

「ああっ……」

絵那の唇から声が漏れる。

ストッキングを脱がされるだけで、感じているのかもしれない。あっという間に、スラリとした白い美脚と股間に貼りつく純白のパンティが露出した。恥丘のふくらみがわかるのが生々しい。

「や、やっぱり、いけません」

絵那は内腿をぴったり閉じると、右の手のひらで股間を覆い隠した。

「もう、取り繕う必要はないだろう」

俊蔵はそう言うなり、パンティを強引におろしはじめる。つま先から抜き取ると、彼女の手をつかんで恥丘を剝き出しにした。これで絵那の身体を隠すものはなくなった。

「み、見ないでください」

顔をそむけてつぶやく絵那を無視して、俊蔵は股間をのぞきこんだ。

恥丘には漆黒の陰毛がそよいでいる。形を整えたりはしておらず、自然な感じにまかせているようだ。しかし、一本いっぽんがうぶ毛のように細いため、恥丘の白い地肌が透けて見えた。

「きれいな身体だな」

俊蔵が言葉を発すると、息がかかって陰毛が揺れる。

すると、絵那が慌てた感じで、内腿をさらに強く閉じた。しかし、そんなことをしても恥丘を隠すことはできない。俊蔵はわざと息をフーッと吹きかけて、陰毛を揺らした。

「あっ、は、恥ずかしい……」

絵那は顔をまっ赤に染めている。

激烈な羞恥に身を灼かれているのだろう。それでも、本気で抗うそぶりはいっさいなかった。

（絵那先生……いやじゃないのかよ）

佳正は複雑な感情に襲われている。

片想いをしている女性が、目の前で父親に組敷かれているのだ。俊蔵に対する怒りはあるが、絵那の裸体を見たことで興奮している。若い性欲を抑えることはできない。

（ク、クソッ……）

こんな状況だというのに欲情している。

ジーパンの上から自分の股間に手を伸ばすと、すでに硬くなっているペニスを握りしめた。

「ああっ……ダメです」

絵那が甘い声を漏らす。

内腿の隙間に俊蔵の指が潜りこんでいる。顎が跳ねあがり、仰向けになった女体が仰け反っていた。内腿は閉じたままだが、指先は大切な部分に到達しているに違いない。

「もう、濡れてるじゃないか」

俊蔵が低い声で指摘する。そして、指先を動かすと、クチュッ、ニチュッという湿った音が響いた。

「あンっ……こ、声が出ちゃいます」

「我慢しないでいいんだぞ」

「そ、そんな……佳正くんに聞こえてしまいます」

絵那が泣きそうな顔で訴える。

佳正に声を聞かれることを気にしている。それは裏を返せば、思いきり淫らな声をあげそうなほど感じているということだ。

実際、俊蔵が指を動かすたび、くびれた腰が艶めかしく左右にくねる。ときおり尻がソファから浮きあがり、ビクビクと震えていた。いつもやさしく勉強を教えてくれる絵那が、俊蔵の愛撫に反応しているのだ。

「無理をするな。ここはほしがっておるぞ」

俊蔵が声をかけると同時に、手に力をこめる。

「あううッ……い、挿れないでください」

絵那の声が大きくなり、裸体に震えが走った。

どうやら、俊蔵が指を挿入したらしい。内腿は閉じられたままなので、大切な部分を拝むことはできない。それでも、濡れている膣に指が入っているのは想像できた。

(や、やめろ……やめてくれ)

佳正は心のなかでつぶやきながら、己のペニスを強く握る。

ジーパンの上からでも快感が瞬く間にふくれあがり、我慢汁が大量に溢れてしまう。染みになることなど気にしない。ボクサーブリーフの裏地がヌルヌル滑って、さらに快感が大きくなった。

「あっ……あっ……」

リビングでは絵那が切れぎれの喘ぎ声を漏らしている。

俊蔵の手の動きから推察すると、膣に指を出し入れしているのではないか。敏感な蜜壺をかきまわされて、絵那は甘い声を振りまいている。

「きょ、教授、それ以上されたら……」

「イキそうなんだな。いいぞ、イッても」

指の動きをさらに速める。湿った音がリビングに響きわたり、廊下にも漏れ聞こえた。

「ダ、ダメっ……あああッ、ダメですっ」

絵那の唇から切羽つまった声が溢れ出す。

身体が弓なりに反っていく。乳首が硬くとがり勃ち、腰がガクガクと激しく震えている。絶頂の大波が迫っているのか、両手でソファの座面をつかんで股間を思いきり突きあげた。

「はああッ、も、もうっ、ああああッ」

「イケっ、イクんだっ」

「あああああッ、い、いいっ、はあああああああッ！」

ついに絵那は快感を訴えると、喘ぎ声をほとばしらせる。反り返った裸体が痙攣して、アクメに昇りつめたのは間違いない。白い肌がうっすらと汗ばみ、艶めかしく波打った。

（え、絵那先生っ……くううううッ！）

佳正も奥歯を必死に食いしばり、快楽の嵐に呑みこまれる。

ジーパンの上からペニスを握りしめて、前屈みになりながらボクサーブリーフのなかに精液をぶちまけた。

かつて経験したことのない黒い悦楽が突き抜ける。己が放出した精液で股間が熱くなってくる。脈動する太幹をジーパンの上から強く握り、脳髄まで灼きつくされる愉悦に酔いしれた。

しかし、おぞましい現実が快楽に浸っていることを許さない。

「今度はわたしも楽しませてもらうぞ」

俊蔵の声が聞こえて、はっと我に返る。

リビングに目を向けると、いつの間にか裸になった俊蔵が絵那に覆いかぶさっていた。

（と、父さん、まさか……）

全身の血液が逆流するようなショックを覚える。

目の前の光景が信じられない。今、仰向けになった絵那の脚の間に、俊蔵が腰を割りこませている。正常位の体勢で折り重なっているのだ。

「お、お願いです。ここでは……」

絵那が弱々しい声で拒絶する。

両手を俊蔵の胸板にあてがっているが、本気で抗っているわけではない。もしかしたら、待ちきれないのではないか。俊蔵は見たことのないような下卑た笑みを浮かべて、困惑する絵那を見おろしていた。

「これを望んでいたんだろう。遠慮することはないぞ」

「そ、そんなこと……や、やっぱり……」

絵那が首を左右に振っている。

だが、瞳は男を誘うように潤んでおり、半開きになった唇からは甘い吐息が漏れていた。

(どうして……父さんも絵那先生も……)

思わず拳を握りしめる。

胸のうちに憤怒がこみあげるが、股間にひんやりしたものを感じて自慰行為に耽ってしまったことを思い出す。自己嫌悪が押し寄せて、あっという間に怒りを塗りつぶした。

股間を見おろせば、ジーパンにも精液の染みがひろがっている。この状態でリビングに踏みこんだところで、なにを言っても説得力がない。父親を殴り飛ばしたいが、絵那を性的な対象として見ていたのは同じだ。

「待田くん、挿れるぞ」

「ま、待ってください……あぁッ」

絵那の声が途中から甘い響きに変化する。

今の瞬間、ペニスが埋めこまれたのかもしれない。これ以上は見ていることができず、佳正は玄関から表に飛び出した。

3

勉強をする気はすっかり失せていた。

学校では授業を聞くことなく居眠りばかりしている。家でも机に向かうことはなく、毎日ごろごろしているだけだ。

それでも、水曜日の今日はいつものように自室で絵那を待っていた。

サボることも考えたが、なぜかそれができなかった。父親との不貞行為を目の当たりにして、嫌いになったつもりでいた。だが、まだ憧れる気持ちがどこかに残っていたのかもしれない。

とはいえ、許せるはずもなく、激しい怒りを胸に抱えていた。

これまでは絵那の到着を自習しながら待っていたが、そんな気になれるはずもない。この日はベッドに寝転がり、天井の一点をにらみつけていた。

もう、二度と来ないかもしれない。

そんな思いが頭の片隅にある。会いたいけど、会いたくない。複雑な気持ちが胸に渦巻いていた。

　午後四時五十分、一階でインターホンのチャイムが鳴った。その直後、意志に反して佳正の胸は高鳴った。

「絵那ちゃん、いらっしゃい。今日もよろしくね」

　玄関に向かう足音が聞こえて、母親がいつものように絵那を迎えた。

　まさか息子の家庭教師をしている女子大生が、夫と不倫をしているとは思いもしないだろう。なにも知らない母親が憐れに感じる。やはり、あのときリビングに踏みこむべきだったと後悔の念がこみあげた。

「こちらこそ、よろしくお願いします」

　絵那の声が聞こえる。

　これまでと変わらない透きとおるような響きだ。佳正は憤りを覚えながらも心のどこかでときめいてしまう。そんな自分自身に苛立ち、やり場のない怒りを感じた。

「どうぞ、あがって。佳正が待ってるわ」

「はい。お邪魔します」

「あの子、ちゃんと勉強しているのかしら」

「まじめにやっていますよ。とくに数学は伸びています」

ふたりのやり取りを聞いて、薄ら寒くなった。

前回、佳正は家を飛び出したため、授業を最後まで受けていない。途中からサボったのに、そのことを絵那は黙っていた。

(言えるわけないよな。自分は父さんとセックスしてたんだから)

心のなかで吐き捨てる。

あの日は外で時間をつぶして、絵那が家から出るのを確認してから戻った。夜七時半すぎのことだ。父親はなにも言わなかった。うしろめたさがあり、サボったことを注意できなかったに違いない。

絵那は家庭教師を辞めると思っていた。

少しでも良心があれば、二度とこの家に来ることはできないはずだ。罪悪感から近づくことはできないだろうと予想していた。ところが今、絵那は普通に母親と言葉を交わしている。その神経が信じられない。不倫相手の妻と、なに食わぬ顔で話しているのだ。

——絵那ちゃんって本当に清楚(せいそ)でかわいいわ。娘にしたいくらいよ。

絵那に会うと、母親は毎回のようにそう言っていた。

今でも絵那のことを清楚で感じがよい女子大生だと思いこんでいる。真実をぶちまけたい気持ちがこみあげて、奥歯をギリッと強く噛んだ。

階段を昇る足音が聞こえる。

いつもは軽やかだが、今日は足取りが重く感じるのは気のせいだろうか。やがて足音は部屋の前までやってきた。

少し間を置いてから、ノックする音が響いた。

だが、佳正は返事をしない。ただ黙って天井をにらみつづける。再びノックの音が響くが、それでも無視を決めこんだ。

「佳正くん……わたしよ。待田です」

絵那が遠慮がちに声をかける。

それでも、佳正は黙りこんでいた。自分でもどうするのが正解なのかわからなくなっている。サボることもできたのに、ふて腐れながらも待っていた。心のどこかに会いたい気持ちが残っている証拠だ。

「入ってもいいかな……」

絵那の声が聞こえる。困っている顔が脳裏に浮かび、無視することができなくなった。

「勝手にしろよ」

　ぶっきらぼうに答える。

　ドアの向こうで、絵那が言葉を失った。どうやら、佳正の怒りが伝わったらしい。逡巡(しゅんじゅん)しているのか沈黙が流れる。どれくらい時間が経ったのか、やがてドアが静かに開いた。

「失礼します」

　絵那が恐るおそるといった感じで部屋に入る。

　佳正はチラリとも見ずに、天井に視線を向けていた。それでも、視界の隅に絵那の姿が映っている。胸が締めつけられるように苦しくなり、ふいに鼻の奥がツーンッとなった。

（どうして、俺が……）

　涙が溢れそうになって、悔しさがこみあげる。

　言ってやりたいことは山ほどある。だが、感情が昂(たかぶ)りすぎて、口を開くと涙腺(るいせん)が決壊しそうだ。懸命にこらえながら、不機嫌な顔で黙りこむしかない。自分でも幼稚だとわかっているが、ほかに抗議の方法が思いつかなかった。

「佳正くん……なにかあったの」

絵那が不安げに尋ねる。

目も合わせないのだから、おかしいと思っているはずだ。佳正はベッドに寝転がったまま起きる気配も見せない。いつもと違う態度に困惑しているのが、手に取るようにわかった。

「別に……」

なんとかそれだけを口にする。そして、再び天井をぐっとにらみつけて黙りこんだ。

「前回のとき、佳正くん、途中でいなくなってしまったでしょう。どうしたのかなと思って」

絵那がこちらの出方をうかがうようにしながら尋ねる。

だが、佳正は答えない。どういう態度を取ればいいのかもわからず、唇を真一文字に結んでいた。

絵那は困った感じで立ちつくしていたが、やがて勉強机の椅子（いす）をベッドに向けて腰をおろした。

「この間は、ごめんなさい」

ふいに謝罪されて心臓がドクンッと音を立てる。思わず視線を向けると、絵那が申しわけなさそうに頭をさげた。

まさか父親と不倫したことを告白するつもりだろうか。まったく予想していなかった展開で、緊張感が一気に高まる。佳正はなにも言わずに、彼女の次の言葉をじっと待った。

「教授と……お父さんと話しこんでしまって、戻るのが遅くなったの」

絵那は視線を落としたまま、消え入りそうな声でつぶやいた。

拍子抜けする言葉を聞かされて、佳正は唖然とする。あくまでも、ごまかすつもりらしい。トイレに行って、俊蔵に話しかけられたことになっていた。佳正がいっさい追求しないので、バレていないと判断したのだろうか。

(最低だよ……)

心のなかで吐き捨てた。

その一方で、重い告白を聞かずにすんでほっとしているのも事実だ。だが直後に、忘れていた怒りが沸々とこみあげた。

「わたしが戻らないから、どこかに行ってしまったのね」

絵那は勝手に予想して話しつづける。

不倫した事実をなんとしても隠すつもりに違いない。しかし、目を合わせることができずに、視線をさまよわせている。これでは嘘をついていると告白しているようなものだ。

「そんなこと、どうだっていいよ」

佳正はそう言って寝返りを打ち、絵那に背中を向ける。

とうてい許すことはできないが、だからといって絵那の苦しむ顔を見ているのもつらかった。

(どうして、父さんなんだ)

嫌悪と嫉妬が入りまじり、胸をかきむしりたい衝動に駆られる。

密かに想いを寄せていた女性が、よりによって自分の父親と不倫をしていたのだ。しかも、その現場を目撃してしまった。父親の愛撫で喘いでいた絵那の姿が瞼の裏に焼きついている。

それでも、絵那のことを嫌いになれない。

だからこそ、苦悩している。こうなってしまった以上、今までどおりに接することなどできるはずがない。しかし、不倫のことを問いつめる気概もなくて、ただ黙りこんでいた。

「ごめんなさい……」

絵那が再び謝罪する。

その声がひどく悲しげに聞こえた。不倫のことを謝っている気がして心が揺らいだ。

振り返りたいのをぐっとこらえて、シーツを強く握りしめる。今、絵那の顔を見たら、きっとやさしい言葉をかけてしまう。だが、絵那と父親の不倫はつづいているはずだ。許すわけにはいかない。

「今日は帰ってよ」

心を鬼にしてつぶやいた。

返事を待つが、絵那はなにも言わない。しばらくして椅子から立ちあがる気配があり、絵那は静かに部屋から出ていった。

階段を降りる足音を、佳正は複雑な思いで聞いていた。

「あら、絵那ちゃん、どうしたの」

「すみません。急用を思い出して……失礼します」

母親と絵那の短いやり取りのあと、玄関ドアの開閉する音が響く。直後に母親が階段を駆けあがり、いきなり部屋のドアを勢いよく開いた。

「ちょっと、佳正――」

「ノックくらいしろよっ」

母親の声を遮り、怒鳴り返す。今は誰とも話したくない。しかし、母親は引きさがらなかった。

「絵那ちゃん、泣いてたわよ。どうなってるの」

その言葉が刃（やいば）となって、胸に深々と突き刺さる。

（俺がいけないのか……）

罪悪感が頭をもたげかけるが、即座に力ずくで押さえつけた。

悪いのは自分ではない。不倫をしていた父親と絵那に決まっている。ふたりのセックスを目にしたことで、佳正は深く傷ついていた。

4

翌週の水曜日、絵那は現れなかった。

事前に連絡もなく無断で家庭教師を休んだのは、これがはじめてだ。母親が心配して絵那に電話をかけたが出なかった。数時間後、メールで家庭教師を辞めると連絡があった。

父親の様子がおかしくなったのも、ちょうどそのころだ。

帰宅時間が遅くなり、日に日にやつれていった。母親は病気を疑ったが、父親は忙しいだけだと言い張った。以前はどっしり構えていたが、妙に落ち着きがなくなり、苛々していることが多くなった。

そんな父親のことを、佳正は冷めた目で見ていた。

不倫の現場を目撃してから、父親とはほとんど口をきいていない。なるべく顔を合わせないようにして距離を取っていた。

タイミングからして、絵那が関係しているに違いない。もしかしたら、ふたりは揉めているのではないか。知ったことではないが、痴話喧嘩でもしたのだろうと予想していた。

ところが、数日後に思わぬ事態が発覚した。

それは絵那と父親の不倫を知っていた佳正にとっても、まったく予想外の出来事だった。

「大学を辞めることになった」

帰宅した俊蔵が、青ざめた顔で告げた。

ただごとでないのは、ひと目でわかった。夕飯の支度をしていた母親が、慌ててキッチンから出てきた。

「なにがあったの」

動揺を懸命に抑えて質問する。

佳正はリビングのソファに座ってテレビを見ていたが、さすがに無視できず、振り返った。

「す、すまない……」

俊蔵は苦しげにつぶやくと、驚いたことに土下座をした。頭をさげて、額を床に擦りつける。その格好のまま固まり、なかなか口を開かなかった。

佳正も母親も黙っている。

夫の情けない姿を目にして母親はおろおろしていたが、佳正の心はますます冷めていた。なにがあったのか知らないが、不倫をしていたのだから自業自得だと腹のなかで思った。

どれくらい、そうしていたのだろうか。やがて意を決したように俊蔵が口を開いた。

「じつは……女がいた」

その言葉を耳にした直後、母親が泣き崩れた。

力が抜けたように腰を落として、父親の前でぺたりと座りこんだ。そして、両手で顔を覆って涙をこぼしはじめた。

「相手は誰なんですか」

「それは……おまえの知らない人だ」

俊蔵は絞り出すような声でつぶやく。そのとき、ほんの一瞬躊躇（ちゅうちょ）したのを佳正は見逃さなかった。

(言わないつもりかよ)

思わず奥歯をギリッと嚙んだ。

不倫相手が知り合いだとわかれば、母親のショックはさらに大きくなるに違いない。だから、名前を伏せたのかもしれない。しかし、この期（ご）に及んで嘘をつく父親に対して怒りが倍増した。

「信じていたのに……ひどい。あんまりです」

母親の言葉は重かった。

確か結婚して十八年になるはずだ。母親の支えがあったから、俊蔵は教授になることができた。それなのに愛人がいたのだから、母親の受けたショックは計り知れない。

「すまない……」

「相手の名前を教えてください」

「だから、おまえの知らない人だ」

あくまでも言わないつもりらしい。俊蔵は土下座をしたまま、顔をあげずにつぶやいた。

「教えてください。わたしには相手の名前を知る権利があります」

母親は涙を流しながら食いさがった。

あまりにも痛々しかったが、目をそらしてはいけない気がした。傷つきながらも追求する姿に、妻としてのプライドが垣間見えた。

しかし、俊蔵は黙りこんでいる。その姿を目にして、佳正の苛立ちは頂点に達した。

「なんで言わないいんだよ」

思わず立ちあがった。

佳正のひと言で、土下座をしていた俊蔵の肩がビクッと反応した。息子に怒鳴りつけられて、驚いたのだろうか。いや、どちらかといえば、むっとしたのではないか。

「それが父親に対する口のききかたか」

やはり俊蔵は黙っていなかった。

父親の威厳を取り戻そうと、佳正をにらみつける。しかし、土下座をした状態では迫力に欠けていた。

「今はそんなこと関係ないだろっ」

佳正も即座に言い返す。こうなったら一歩も引くつもりはない。

これまで面と向かって反抗したことは一度もない。絵那と不倫していることを知っても、父親に直接なにかを言ったわけではなかった。それほどまでに大きな存在だった父親に、はじめて強い言葉を投げかけた。

「言えない相手なのかよ」

「それが……」

俊蔵は躊躇しながら話しはじめる。

絵那の名前を出すはずだ。母親はショックを受けると思うが、真実を知るべきだ。そうしなければ、今後のことは考えられない。母親がどう判断するかは、すべてを知ったあとの話だ。

「じつは……ひとりじゃないんだ」

俊蔵が重い口を開く。

一瞬、耳を疑った。佳正は思わず眉間(みけん)に縦皺(たてじわ)を刻み、母親は呆気(あっけ)に取られて口をぽかんと開けた。

「ひとりじゃないって、どういうことだよ」

思わず聞き返す。

これまで知らなかった父親の裏の顔に触れるようで躊躇する。知りたくない気もするが、追求せずにはいられなかった。

「ふたりなのか」

佳正が質問するが、俊蔵は答えない。

「もっといたってことかよ」

つい語気が荒くなる。

しかし、俊蔵は頭をさげたまま黙っている。それはつまり肯定しているということではないか。

絵那ひとりではなく、ほかにも愛人が何人もいた。新たに発覚した事実が、佳正の心を痛めつける。密かに想いを寄せていた絵那は、父親にとっては大勢いる愛人のなかのひとりにすぎなかったのだ。

（よくも……）

思わず拳を握りしめる。

絵那を愛人にしていたことも許せないが、軽く扱われていたことがもっと許せない。抑えきれない怒りが湧きあがり、一歩踏み出したときだった。

「離婚します」

母親がきっぱり告げた。

背すじを伸ばして顔をあげている。涙を流しているが、夫をまっすぐ見つめる目には決意がこもっていた。

「せ、摂子……」

俊蔵が縋るような声を漏らす。

好き放題やっておきながら、離婚はしたくないらしい。俊蔵はこれまで見たことのない情けない表情を浮かべていた。

しかし、母親の心は決まっているらしい。俊蔵を見据えて、毅然とした態度を崩さなかった。

「愛想がつきました」

抑揚のない声で告げると、立ちあがって背を向けた。

ふだんは温厚な母親が怒っている。とりつく島もないとはこのことだ。俊蔵は無駄だと悟ったのか、がっくりとうなだれた。

5

一カ月も経たないうちに俊蔵は家から出ていった。

不倫が発覚したことで大学を追われて、家族も失った。再就職先を探していたようだが、すでに五十をすぎている。そう簡単に見つかるはずもない。結局、家を出ていく時点で仕事は決まっていなかった。

父親は無職なので慰謝料は期待できない。母子生活になり、自宅をすぐに売り払ってアパートに引っ越した。しかし、ローンの残債を相殺したので、ほとんど手もとに残らなかった。

佳正は大学進学をいったんはあきらめた。

大学に行くには金がかかる。大黒柱を失った以上、自分が働いて母親を支えなければと思った。

しかし、母親は佳正が大学に進学することを希望した。親の離婚のせいで、子供の将来の可能性を狭めたくなかったようだ。落ちこむ間もなく、宅配便の仕分け作業とスーパーのレジ打ちのパートをはじめていた。

母親の強い希望もあり、佳正は大学に進学することにした。

あきらめて働くほうが楽だったが、そうすると母親を苦しめてしまう。これ以上、悲しませたくなくて、受験勉強をがんばった。

奇しくも進学をすることになったのは、かつて父親が教授として勤務していた東京学院大学だ。

父親を慕って、目指していたわけではない。ただ単に、ほかの大学に受からなかっただけだ。父親が不倫をしてクビになった大学なので抵抗はあったが、母親の負担を考えると浪人はできなかった。

進学してからは、大学の講義とアルバイトを必死にこなした。少しでも母親を手助けしたい一心だった。

めまぐるしい日々を送っていたが、絵那のことはずっと気になっていた。

絵那が処分を受けたという話は聞いていない。父親の不倫相手だったということとは発覚していないのではないか。そもそも教授だった父親が不倫でクビになったことは、噂(うわさ)にもなっていなかった。おそらく大学側は世間体を気にして、内々に処理したに違いない。

平和な暮らしを壊した絵那を恨んでいた。どこかでのうのうと暮らしていると思うと腹立たしかった。

その一方で、憎みきれない複雑な感情もあった。そんな自分自身に苛立ちを覚えた。彼女がどうしているのか知りたかった。しかし、会いたい気持ちを無理やり抑えこみ、あえて心に蓋(ふた)をした。

生活費と学費を稼ぎながら勉強するのは大変だった。それでも、なんとかこなしていた。

ところが大学三年のときに、無理がたたって母親が急逝してしまった。パート先のスーパーで倒れたのだ。急性心不全だった。自分のためにがんばってくれた母親を亡くして、さすがに落ちこんで途方に暮れた。

父親とはいっさい連絡を取っていない。どこでなにをしているのかも、連絡先さえも知らない。たとえ知っていたとしても、こちらから連絡をする気はまったくなかった。

勉強どころではなくなったが、母親の希望で進学したので、なんとか卒業したかった。ひとりで思い悩んでいるとき、父親の元同僚である宮下健三郎教授が手を差し伸べてくれた。

事情を知っていたので、入学当初から佳正のことを気にしていたという。なにかあったときは手助けしようと思っていたらしい。

母親が遺してくれた保険金だけでは足りずに困っていた佳正に、無利子で金を貸すことを申し出てくれた。ありがたい話だったが、気が引けた。丁重に断ると、それならばと奨学金制度を勧めてくれた。

奨学金とアルバイトで、なんとか生活できるようになった。

とはいっても、六畳一間の風呂なし共同便所のアパートでひとり暮らしだ。心細くなり、絶望感に襲われることもある。だが、健三郎がなにかと世話を焼いてくれたので耐えられた。

健三郎は常に気にかけてくれた。自宅に招いて、健三郎の妻の光代が手料理を振る舞ってくれたことも一度や二度ではない。なにより温かく接してくれるのがありがたかった。

夫婦に子供がいなかったことも関係していたのかもしれない。おこがましくて確認したことはないが、もしかしたら自分たちの子供のように思ってくれていたのではないか。

とにかく、宮下夫婦の支えがなければ、大学は卒業できなかった。就職先も紹介してもらって、なんとか社会人になることができた。

母親は亡くなり、父親は行方不明だ。親戚(しんせき)は俊蔵の醜聞を耳にして、あからさまに距離を取っている。そんな佳正にとって、宮下夫妻は家族のような存在になっていた。

第二章　濡れた喪服

1

宮下健三郎教授が亡くなって三年になる。

ひとりぼっちだった佳正に手を差し伸べてくれた恩人だ。

父親が不倫で追われたことを知っていたので、気にかけてくれた。健三郎がいなければ、佳正は大学を卒業できなかった。卒業したことで、亡き母の願いも叶(かな)えることができた。

(先生、ありがとうございました)

佳正は墓石の前にしゃがみこみ、感謝の気持ちをこめて手を合わせる。傍らには畳んだ黒い傘を置いていた。

とある土曜日の午後、佳正は墓参りに訪れた。

七月に入り、ただでさえ蒸し暑いのに、午後になって雨がしとしと降りはじめた。不快指数はかなり高い。チノパンに黒いポロシャツというラフな格好での墓参りだが、今日くらいは健三郎も許してくれるのではないか。

佳正は二十六歳になり、中堅商社に就職して四年目を迎えている。仕事にも慣れて、学生のときに住んでいたアパートから賃貸マンションに引っ越した。

ときどき健三郎の妻、光代に会いに行っている。夫が亡くなった直後は落ちこんでいたが、今ではずいぶん元気になった。朝の散歩と韓流(ハンリュー)ドラマを見ることが日課だという。

(光代さんはお元気ですよ。先生、安心してください)

こうして墓石の前で手を合わせていると、忙(せわ)しない日常を忘れて穏やかな気持ちになる。

血はつながっていないのに、本当の家族になれたような気がした。

しかし、健三郎が親身になって接してくれたのは、父親の不倫があったからだと思うと複雑な気持ちだ。

俊蔵とはいまだに音信不通のままだ。

どこでなにをしているのか知らないし、知りたくもない。大学教授で威厳のある父親だっただけに、反動で怒りが大きくなっている。今でも会いたいとはまったく思わない。

だが、あの夜のことは、ふとした瞬間に思い出してしまう。

あれは九年前、佳正は十七歳の高校二年生だった。父親が不倫相手の女子大生とソファで抱き合っていた。片想いしていた家庭教師が、父親の愛人だったという事実は、佳正の心をズタズタに引き裂いた。

強烈な光景を目の当たりにして、憤怒と興奮が同時に湧きあがった。当時、童貞だった佳正には、あまりにも刺激が強すぎた。今、思い出しても胸が苦しくなるほどだ。

（あの人、どうしてるのかな……）

ふと心のなかでつぶやき、慌てて首を左右に振った。

また、つまらないことを考えていた。彼女がどこでなにをしていようが、佳正の人生には関係のないことだ。もう、二度とかかわらない人のことを考えても意味はない。

雨が強くなってきた。

（先生、そろそろ帰ります）

佳正は墓石に向かって頭をさげると立ちあがる。傘をさして、髪や肩についた雨粒を手で払った。

墓石の間を歩いていくと、墓石の前にしゃがみこんでいる女性がいた。

黒紋付を着ているのに、雨に濡れるのも構わず手を合わせている。よほど大切な人を亡くしたのか、視線を落として顔をうつむかせていた。

黒紋付に身を包んでいるということは、ただの墓参りではなく、法事があったのかもしれない。しかし、僧侶やほかの参列者は見当たらなかった。すでに法要は終わり、彼女だけが残っているのではないか。

なんとなく気になって、ついつい視線が向いてしまう。

傘を持っていないようだが、雨が降り出す前からいたのだろうか。結いあげた黒髪は濡れており、黒紋付もよく見ると雨が染みている。

声をかけようか迷ったが、ひとりで故人と向き合いたいのかもしれない。大切な時間を邪魔してはいけないと思って、しゃがんでいる彼女の背後をそっと通りすぎる。

そのとき、視界の隅に白いうなじがチラリと映った。

髪を結いあげた状態でうつむいているため、うなじから背中の上部、ほっそりした首が露になっている。雨で濡れた後れ毛が数本、白い肌に貼りついているのが色っぽかった。

（待てよ……）

なにかが気になり、通りすぎてから歩調を緩めた。

うなじの眩（まばゆ）さに惹（ひ）かれたのは事実だが、決してそれだけではない。ゆっくり振り返ると、彼女の横顔が目に入った。

（えっ……）

思わず足がとまる。

頭を垂れて睫毛を伏せているが、横顔に見覚えあった。手を合わせて神妙な表情を浮かべている。痛々しいくらいに深い悲しみが滲（にじ）んでいるが、美しさはまったく色褪（いろあ）せていなかった。

（え、絵那先生……）

心のなかでつぶやくと、胸の奥がチクリと痛んだ。

見紛（みまが）うはずがない。雨にそぼ濡れて一心に手を合わせているのは、絵那に間違いなかった。

なんという運命のいたずらだろうか。まさか恩人の墓参りに来て、絵那に会うとは思いもしない。誰の法事なのか知らないが、佳正は激しく動揺して立ちつくした。

じつに九年ぶりの再会だ。

三十歳になった絵那は、憎らしいほどに女の色香を放っていた。黒紋付でしゃがんでいるため、尻が張りつめている。むっちりしたまるみが浮き出ており、つい肉づきのよい双臀を想像した。

ふいに絵那の白い裸体が脳裏によみがえる。

九年前のあの夜、俊蔵に唇を奪われて、たっぷりした乳房を揉まれていた。淡いピンク色の乳首も覚えている。指先で摘まんで転がされると、敏感に反応して腰をよじり、甘い声をあげていた。

執拗な愛撫で喘ぎ声を振りまき、ついには絶頂に昇りつめた。そのあと、ソファに押し倒されて、俊蔵が覆いかぶさったのを目撃した。

（くっ……）

右手で持っている傘を強く握りしめる。

さまざまな想いが一気にこみあげた。あの夜、密かな恋心は最悪の形で粉々に砕け散った。のぞきをしているという罪の意識はあったが、興奮を抑えられずに勃起した。しかし、なにより憧れの女性が父親と不倫をしているという事実がショックだった。

絶望、罪悪感、屈辱、それに憤怒と憎悪が入りまじり、佳正の純粋だった心をかき乱した。思春期の少年には抱えきれないほどの感情だった。

もう、とっくに忘れたと思っていた。遠い昔のことになったつもりでいた。なにしろ九年前の出来事だ。ところが、絵那の姿を目にしたことで、あの夜の激情がよみがえった。

（絵那先生のせいで……）

腹の底でつぶやき、絵那の横顔をにらみつける。

父親と絵那が不倫したことで、佳正の家族は崩壊した。両親は離婚することになり、生活は一変した。

俊蔵には愛人が何人もいたので、絵那だけが悪いわけではない。もちろん、いちばん悪いのは俊蔵だ。しかし、責任の一端は絵那にもある。なにより、佳正は絵那に裏切られたという思いが強い。

淑やかで物静かで、やさしい女性だと信じていた。それなのに、まさか父親と不倫をしていたとは最悪だ。

心のなかで自分に言い聞かせる。

荒ぶる気持ちをなんとか鎮めようとするが、絵那の姿を見ていると冷静ではいられない。

（もう、昔のことだ……）

母親は無理をして働いたため、急性心不全で命を落とした。ひとり残された佳正は、やっとのことで大学を卒業した。宮下夫婦の助けがなければ、どこかで挫折していたはずだ。

佳正は再び傘を強く握りしめた。

絵那はどんな人生を歩んでいたのだろうか。謝罪のひと言でもあってよかったのではないか。

（俺はどうしてこんなに怒ってるんだ……）

自分の胸に問いかける。

だが、本当は最初からわかっていた。絵那のことを憎んでいる。その一方で再会できたことを喜んでいる。憎悪と思慕が交錯していることに気づいて、そんな自分自身に苛立っていた。

（あんなことがあったのに、俺は……）

胸をかきむしりたい衝動に駆られる。

いまだに絵那を嫌いになれない。憎んでいるのに、心のどこかで会いたいと願っている。

ふいに絵那が顔をこちらに向けた。

もしかしたら、佳正の視線を感じたのかもしれない。

泣いていたらしく、瞳が潤んでいる。最初はぼんやりしていたが、やがて驚いたように目を見開いた。

「佳正くん……」

絵那がぽつりとつぶやく。

独りごとように小さな声だったが、はっきり聞き取ることができた。自分のことを覚えていてくれたことで、佳正の心は激しく揺れた。

(な、なにを動揺してるんだ……)

懸命に両足を踏ん張り、鋭い視線を絵那に向ける。

懐かしさがこみあげるが、笑いかけるつもりはない。それは向こうも同じらしく、困ったように視線を泳がせた。

「絵那先生……」

自然と昔のように呼んでいた。

無視して立ち去ることもできたが、そうしなかった。自分でも、なぜ話しかけたのかわからない。

絵那がずぶ濡れで見かねたからなのか、それとも憎悪をぶつけたかっただけなのか。いや、ほかに理由があったのかもしれない。自分で自分の行動が理解できなかった。

とにかく、話しかけてしまった以上は仕方がない。ゆっくり歩を進めると、彼女の頭上に傘をかざした。

2

佳正と絵那はシティホテルの一室にいた。

雨が降っていて薄暗いため、サイドスタンドをつけている。ぼんやりした明かりが、ダブルベッドの白いシーツを照らしていた。

——服、乾かしたほうがいいですよ。

確か墓地でそんな言葉をかけた気がする。

憎んでいる相手なのに自然と敬語になってしまうのは、彼女が家庭教師だったからだろうか。

——あそこに行きませんか。

佳正は墓地から見えるシティホテルに視線を向けた。

深い意味があったのか、それとも勢いで言っただけなのか、自分でもわからない。とにかく、絵那と会ったことで動揺していた。

断られると思ったが、意外なことに絵那は無言でうなずいた。彼女も積もる話があるのだろうか。佳正の傘に入り、並んでシティホテルに向かった。道中はふたりとも黙りこんでいた。

そして今、絵那はバスルームで喪服を脱ぎ、備えつけの白いガウンに着がえている。結いあげていた黒髪をほどき、肩にはらりと垂らしていた。濡れ髪と悲しみを滲ませた表情の組み合わせが、はっとするほど色っぽい。

さすがに和服をかける衣桁はないが、ハンガーをふたつ使うことで黒紋付をひろげて吊っていた。

ふたりは少し距離を空けて、ダブルベッドに腰かけている。

空室がダブルルームしかなかったので仕方ないが、なんとなく気まずい雰囲気になっていた。

「誰の墓参りだったんですか」

沈黙を破ったのは佳正だ。

墓参りのことなど、たいして興味はない。ただ話しかけるきっかけがほしかっただけだ。

「夫の……三回忌だったの」

絵那が絞り出すような声で答える。

それを聞いた瞬間、佳正の胸は強く締めつけられた。同時に目眩（めまい）を覚えて、思わず両足を踏ん張った。

「結婚していたんですか」

懸命に平静を装って尋ねる。その間も胸のうちにこみあげるものがあるが、なんとか抑えこんでいた。

「大学を卒業してすぐに……」

絵那は顔をうつむかせている。

結婚して姓が待田から内原（うちはら）に変わっていた。夫を亡くしたが、姓を戻す気はないという。

（そんなに大切な人なのか……）

胸の奥がチクリと痛む。

亡き夫のことを思い出しているのか、絵那は今にも泣き出しそうな表情だ。だが、同情する気にはならなかった。

「どんな人だったんですか」

「大学のひとつ上の先輩だったの。苦しいときに支えてもらって……」

その言葉が佳正の心を逆撫でする。

彼女の言う苦しいときとは、俊蔵との不倫を指しているのではないか。その時期に支えてくれた男と結婚したのなら、美談にもほどがある。佳正の家は絵那のせいで崩壊した。それなのに、元凶である絵那は、愛する男と結婚して、幸せな家庭を築いていたのだ。

「どうして亡くなったんですか」

普通ならためらう質問だが、絵那には恨みがある。なにも言わずに消えたことにも怒っている。根掘り葉掘り聞くことに躊躇はなかった。

「病気で……癌だったの」

絵那はぽつりぽつりと言葉を紡ぐ。

体の不調は感じていたが、仕事が忙しくて病院に行く時間がなかった。半年ほどしてようやく検査を受けると癌が全身に転移しており、すでに手遅れだったという。

「わたしが病院に行くように、もっと強く言っていれば……」

絵那の瞳には涙が滲んでいる。

後悔の念と責任を感じているらしい。苦しげな表情を目にして、さすがに悪いことを聞いたと思う。だからといって、甘い顔をするつもりはない。旦那を癌で亡くしても、彼女の罪が許されるわけではないのだ。

「お子さんはいるんですか」

佳正が尋ねると、絵那は首を小さく左右に振った。

「旦那さんとふたりきりだったんですか」

つぶやきながら、会ったこともない旦那に嫉妬する。そんな自分に驚いてしまう。絵那のことを憎みながらも、いまだに複雑な感情を抱いている。

「さぞ仲がよかったんでしょうね」

つい嫌みったらしい口調になってしまうが、仕方ない。絵那が幸せに暮らしていたと思うと無性に腹立たしいのだ。

「幸せだったから、今もそんなに悲しんでるんですよね」

絵那がはっとしたように顔をあげる。そして、とまどいが滲んだ瞳で、佳正の顔をじっと見つめた。

「佳正くんは、誰のお墓参りだったの」

恐るおそるといった感じの声になっている。いったい、誰が亡くなったと思っているのだろうか。

「大学の先生です。俺の恩人です」

「そう……」

どこかほっとしたような声だ。

「親父（おやじ）じゃなくて安心したんですか」

黙っていられずにつぶやいた。

「そういうわけでは……」

絵那は視線をそらすと、睫毛をそっと伏せる。

所作のひとつひとつが美しいから、なおさら腹が立つ。傷つけてやりたいという、どす黒い感情が腹の底から湧きあがった。

「親父とは縁を切ったので知りません。母さんはとっくに死にましたよ。いろいろあったから、心労がたたったんでしょう」

吐き捨てるような口調になっていた。

隣で絵那が息を呑むのがわかった。自分に責任の一端があると理解しているのだろうか。

「親父、不倫をしていたんですよ」

勢いのまま口にする。

絵那がどんな反応をするのか気になった。言葉を発する余裕もないのか、唇がわなわな震えはじめる。慌てて下唇をキュッと嚙むが、瞳には怯(おび)えの色が浮かんでいた。

「不倫が大学にバレて問題になったんです。それでクビを切られたんです。大学は教授の不祥事を隠したみたいですが、絵那先生は当時の学生ですよね。噂くらい聞いてませんか」

佳正が尋ねても、絵那は黙りこんでいる。

眉を困ったように歪めて、視線をおどおどとそらした。心にやましいことがある証拠ではないか。

「ずっと気になっていたことがあるんです」

今日、こうして再会したのもなにかの縁だ。徹底的に追求して、謝罪させなければ気がすまない。

「どうして、急に家庭教師を辞めたんですか」

「そ、それは……」

絵那はなにかを言いかけて口を閉ざした。

俊蔵との不倫を思い出しているのかもしれない。ここで追求の手を緩めるつもりはなかった。

「理由も告げずに突然いなくなるなんて、ひどいですよね」

「説明しないといけないって思っていたんだけど……」

絵那の声は消え入りそうに小さい。

それ以上はなにも言わずに黙りこむ。真相には触れず、このままやり過ごすつもりではないか。

(そういうわけにはいかないぞ……)

佳正の胸のうちでくすぶりつづけていた怒りが、轟音(ごうおん)とともに燃えあがった。

「うちに来られなくなった理由があるんじゃないですか」

責めるような口調になり、自然と声が大きくなる。しかし、絵那はうつむいたまま口を開かない。そんな態度を見ていると、ますます腹が立つ。なんとしても屈服させなければ気がすまない。

「俺、見たんですよ」

はやる気持ちを抑えて切り出した。

絵那が不安げな顔を向ける。そして、なにも言わずに佳正の口から紡がれる言葉をじっと待った。

「絵那さんの家庭教師の授業があって、一度だけ母さんが出かけている日があったんですよ。なぜか親父が早く帰ってきて、おかしいと思っていたんです」

佳正が語りはじめると、絵那は視線をすっとそらした。

「あの日、絵那先生は途中で席をはずしたんです。最初はトイレだと思っていました」

いよいよ核心に迫る。

それでも、絵那は頑として目を合わせない。だが、なにかを察したのか、頬の筋肉がひきつっている。

「なかなか戻ってこないから、俺、呼びに行ったんです」

「お、お願い……や、やめて……」

絵那が震える声でつぶやく。

なにを言われるのか、悟ったのかもしれない。動揺がはっきり伝わり、佳正のなかでスイッチが入った。

「階段を降りていったら、ヘンな声が聞こえたんです。それでリビングをのぞいたら、親父と絵那先生がセックスを――」

「もう、やめてっ」

絵那が悲痛な声をあげる。佳正の言葉を遮り、両手で顔を覆った。

「見られていたなんて……だから、言うことを聞いてくれなくなったのね」

最後の授業のことを指しているのだろう。

あのとき、佳正はベッドに寝そべったまま、机に向かわなかった。挙げ句の果てに絵那を追い返したのだ。

「家庭教師の女子大生が、親父の愛人だったとは驚きですよ」

胸のうちには憤怒が渦巻いている。しかし、口調は淡々としていた。

怒りが頂点に達すると、逆に冷静になるのかもしれない。怒鳴り散らすわけではなく、心は氷のように冷たくなっていた。

「絵那先生、黙ってないでなんとか言ってください」

「先生なんて呼ばれる資格はないわ」

絵那が苦しげにつぶやく。そして、再び下唇をきつく噛んだ。

「そうですよね。生徒の親とセックスするような人は、先生なんて呼べないですよね。じゃあ、絵那さんって呼びましょうか。絵那さんは、いつから親父とセックスしてたんですか」

「ち、違うの……」

「なにか反論でもあるんですか。あるなら聞きますけど、まさかわたしは悪くないとか言わないですよね」

抑揚のない声に、自然と怒りが滲んだ。絵那は言葉を呑みこんで、首を小さく左右に振る。

「絵那さん、どう思ってるんですか。あなたのせいで、うちはめちゃくちゃになったんですよ」

「ご、ごめんなさい……」

絵那はようやく謝罪の言葉を口にした。

しかし、これくらいで許すつもりはない。九年前、なにがあったのか、すべてを知りたかった。

「どうして、親父と不倫なんてしたんですか。お金が目的ですか。援助交際ってやつですか」

ふたりは親子ほど年が離れている。どういう経緯で不倫をすることになったのか、まったく理解できなかった。

「家庭教師のアルバイト代だけよ。ほかにお金はもらってないわ」

「それじゃあ、ただでセックスさせてたんですか。まさか本気だったわけじゃないですよね」

自分で言いながら、腹が立ってしまう。仮に本気だったとしても、決して許されることではない。

「尊敬……していました」

絵那が絞り出すような声でつぶやいた。

その言葉が佳正の怒りを加速させる。教え子と不倫するような男が、尊敬される人物のはずがない。それに人の家庭を壊しておきながら、尊敬していたと言える神経にも腹が立った。

「なるほどね。尊敬していたから、股を開いたってわけですか」

「そんな言いかた……」

「あんたが股を開いたことで、俺の人生はめちゃくちゃになったんだ。なにが尊敬だ。尊敬していたら、誰とでもセックスするのかよ」

こみあげる憤怒にまかせて言い放つ。

自分でもひどいことを言っていると思う。だが、怒りが次から次へと湧きあがり、とめることができない。

「ごめんなさい……佳正くんには、悪いことをしたと思っています。全部、わたしが悪いんです。本当にごめんなさい」

絵那が、潤んだ瞳を向けて謝罪する。

いっさい言いわけをしない。心から悪いと思っているのが伝わった。だからこそ、絵那のひどく悲しげな顔を見て、心が激しく揺さぶられる。自分の言葉が絵那を傷つけたのは間違いない。それが当初の目的でもあったのに、いざそうなると動揺してしまう。

(俺はなにを躊躇してるんだ……)

つい許しそうになり、そんな自分に腹が立った。

「親父とは連絡を取り合ってるのか」

「いえ、どこにいるのかも知らないわ。わたしのことなんて、どうでもよかったみたい……」

どうやら、絵那は捨てられたらしい。

これほど美しい女性を捨てる父親の心境がわからないが、そんなことはどうでもよかった。

「あんたのせいで、母さんは早死にしたんだ。わかってるのかよ」

「ごめんなさい……」

「それしか言えないのかっ」

思わず大声で怒鳴りつける。

憤怒で頭のなかが沸騰していた。それは絵那に対するものなのか、あるいは自分自身に向けられたものなのかわからない。とにかく、やり場のない怒りが全身にひろがっていた。

「ずっと謝らないといけないと思っていたの……でも、佳正くんをよけいに傷つけることになるんじゃないかって……」

「言いわけするなよ。逃げてただけじゃないかっ」

佳正は怒りにまかせて、絵那の白いガウンの襟をつかんだ。

そのとき、白い乳房の谷間が目に入った。ガウンの前が乱れて、たっぷりした柔肉がこぼれそうになっている。

（こ、これは……）

思わず目を見開いた。

しかも、ブラジャーのカップが見当たらない。着物のときは下着をつけないと聞いたことがあるが、黒紋付のときもそうなのだろうか。それとも、雨でブラジャーが濡れたため、はずしているだけかもしれない。

いずれにしても、手を伸ばせば触れられる距離に、かつて想いを寄せていた絵那の乳房がある。近くで見ると、肌のなめらかさがよくわかる。自然と視線が吸い寄せられて、身動きが取れなくなった。

こんな状況だというのに、またしても九年前の光景が脳裏によみがえる。

あのときは、廊下で指を咥えて見ていることしかできかなった。しかし、今はガウンの襟をほんの少し開けば、至近距離で乳首を拝める。それに気づくと、なおさら見たくてたまらなくなった。

「あっ……」

絵那が小さな声を漏らして、ガウンの襟もとをかき合わせる。

怯えたように肩をすくめると、身体を少し反らして距離を取った。上目遣いに佳正の顔を見て、頬を赤く染めあげる。さらにはガウンのなかで膝をキュッと寄せるのがわかった。

「な、なんだよ」

誤解された気がして、いやな気分になる。

思わずガウンの襟をつかんだが、襲おうとしたわけではない。たまたま乳房が見えてしまっただけだ。それなのに、絵那はあからさまに警戒している。

「俺がなにかするとでも思ったのか」

佳正が憤りの声をあげても、絵那はうつむいたまま黙っている。ガウンの襟を握りしめた指先が小刻みに震えていた。

（親父には好きにさせたくせに、俺のことがそんなにいやなのか……）

考えれば考えるほど腹立たしい。

迫ったわけでもないのに、拒絶されるのは屈辱的だ。先ほどまでとは違う種類の怒りが急激にふくれあがった。

3

「なに隠してるんですか」

再びガウンの襟をつかむと、乱暴に揺さぶった。

「や、やめて……」

絵那の声は弱々しい。懸命に襟をかき合わせているが、男の力に敵(かな)うはずもなく、ガウンの前が少しずつ乱れていく。

「親父にはさんざん揉ませていたんだから、俺にも少しくらい見せてくれたっていいでしょう」

「お、お願いだからやめて……佳正くんは、そんな人じゃないはずよ」

絵那は前屈みになってガードする。なかなか乳房が見ることができず、苛々してきた。

「俺のなにを知ってるんだよ」

苛立ちにまかせて肩を小突くと、絵那はベッドの上で仰向けになる。佳正はすかさず馬乗りになり、両手でガウンの襟を左右に開いた。

「ああっ、い、いやぁっ」

絵那の唇から小さな悲鳴が漏れる。それと同時に双つの大きな乳房が勢いよく溢れ出た。

絵那は顔をまっ赤に染めて、両腕で乳房を抱くようにして覆い隠す。だが、佳正は彼女の手首をつかんで、顔の横に押さえつける。これで双つのふくらみは剝き出しになった。

「ま、待って……」

「隠したらダメですよ」

声をかけながら、乳房をまじまじと見つめる。

たっぷりした双つの柔肉は、九年前より大きくなったのではないか。仰向けになっているのに、脇に流れることなく見事な張りを保っている。それでいながらプリンのようにフルフルと揺れていた。

シルクのようになめらかな肌が魅惑的な曲線を描き、その頂点には淡いピンク色の乳首が鎮座している。絵那の乳房は高価な美術品のように尊く、なおかつ匂い立つほど艶めかしい。

「す、すごい……」

思わず無意識のうちにつぶやいた。

佳正も二十六歳になり、何人かの女性と肉体関係を持ってきた。しかし、これほど完璧な乳房に出会ったことはなかった。

「ああっ、見ないで……」

絵那がこらえきれずに訴える。しかし、手首を押さえているため、乳房を隠すことはできない。

「減るもんじゃないし、見るだけなら構わないでしょう」

「お、お願い……は、恥ずかしいの……」

絵那は今にも泣き出しそうな声になっている。

そんな姿を見せられると、なおさら牡の欲望が刺激されてしまう。佳正はわざと前屈みになり、至近距離から無遠慮な視線を乳房に這わせた。

(これが絵那さんの……)

抑えきれない興奮が湧きあがる。

九年前のあの夜、たった一度だけ目撃してから何度も思い返した。その記憶だけで、なんど自慰行為に耽ったことだろうか。

その夢にまで見た乳房が、わずか数センチ先で揺れている。こういう記憶は時間の経過とともに、どうしても美化してしまうものだ。しかし、実際にナマで見る乳房の艶めかしさは、佳正の記憶をはるかにこえていた。

（こんなにきれいだったんだ……）

見れば見るほど、感動と興奮が湧きあがる。積年の怒りも忘れて、ぼんやり見つめていた。

染みひとつない白い肌が、淡いピンク色の乳首をきわだたせている。じっと見つめていると、視線が刺激になったらしい。乳首がむくむくと頭をもたげて、乳輪までふっくらとふくらんだ。

「どうして乳首が勃ってるんですか」

「そ、そんなはず……」

絵那は困惑の声を漏らして、自分の胸もとに視線を向ける。そして、乳首を確認した直後、慌てて顔をそむけた。

「い、いや……」

「ほら、勃ってるでしょう」

佳正はそう言いながら乳首に息をフーッと吹きかける。とたんに女体が敏感そうにビクッと跳ねた。

「あっ……ダ、ダメっ」

「なにがダメなんですか」

さらに息を吹きかければ、絵那は腰を右に左によじらせる。乳房がタプンッと波打ち、乳首がさらに隆起した。

「絵那さんの乳首、どんどん硬くなってますよ」

「い、言わないで……」

絵那は懸命に顔をそむけたまま、消え入りそうな声でつぶやく。耳までまっ赤に染まっており、それが凄絶（せいぜつ）な色気となって牡の興奮を誘う。口では抗っているが、本当は男を求めているのではないか。考えてみれば、絵那は未亡人だ。この熟れた身体を持てあましているのではないか。

「旦那さんが亡くなってから、新しい男はできたんですか」

「そんな言いかたしないで……」

「男を作るのは得意でしょう。今、つき合ってるやつはいるんですか」

「いないわ……夫が亡くなってから、ずっと……」

絵那は淋（さび）しげな表情でつぶやいた。

その言葉が本当なら、欲求不満をためこんでいるのではないか。今日は夫の三回忌だ。少なくとも二年は男に抱かれていないことになる。なにしろ、女子大生のときに、親ほども年の離れた男と不倫をするくらいだ。淑やかに見えるが、性欲は強いに違いない。

（それなら遠慮はいらないな……）

佳正は目の前で揺れる乳首にむしゃぶりつく。双つの乳房を揉みあげると同時に、先端で揺れる乳首に唇をかぶせた。

「あぁッ」

絵那がとまどいの声をあげて、佳正の肩に手を当てる。

しかし、女の腕力では押し返せない。佳正は馬乗りになって、体重をかけているのだ。なす術もなく乳首をしゃぶられるしかない。

「や、やめて、お願い……はンンっ」

絵那は懸命に懇願するが、乳首を舌で弾くと声は甘い響きに変化する。とにかく感度が抜群で、身体がビクビクと反応した。

（絵那さんが感じてるんだ……）

そう思うと興奮で全身が熱くなる。

まさかこんな日が来るとは思いもしなかった。あの絵那が自分の舌で感じている。興奮が興奮を呼び、愛撫にますます熱が入る。柔肉を揉みあげては、双つの乳首を交互に口に含み、唾液をたっぷり塗りつける。さらには舌の腹でねちっこく転がして、唾液ごとジュルルッと吸いあげた。

「あああッ、ダ、ダメぇっ」

絵那は身体をよじって抵抗する。

しかし、佳正をはねのけることはできず、強引な愛撫を受けるしかない。口ではいやがっているが、乳首はますます硬くなっている。

「い、いや……ああっ、いや……」

「いやとか言っても、すごく硬くなってますよ」

乳首を口に含んだまま語りかける。

その間も絶えず舌を這わせて、刺激を送りつづける。乳輪までふっくら盛りあがり、感度は確実にあがっていた。

「身体は求めてるみたいですね」

「ウ、ウソよ。求めてなんて——あああッ」

乳首を前歯で甘嚙みすると、女体がビクンッと跳ねあがる。同時に絵那の唇から艶めかしい声が溢れた。

「ほら、感じてるじゃないですか」

「だ、だって、佳正くんが……」

「俺のせいですか」

　さらに乳首をねぶりまわして、唾液を塗りつける。やさしく愛撫してから、再び前歯をめりこませた。

「はうッ……か、噛まないで」

　絵那が涙目になって懇願する。

　しかし、乳首はグミのように硬くなり、ますます存在感を示している。ピンク色が濃くなっているのは充血しているせいだろうか。とにかく、乳輪はドーム状に隆起して、乳首はビンビンにとがり勃っていた。

「ずいぶん感じてるみたいですね」

　両手の指先で双つの乳首を摘まんで、ねちねち転がしながら語りかける。

「あンっ、か、感じてなんて……」

「こんなに乳首を硬くして、説得力ないですよ」

　本人の意志に反して、絵那の身体が昂っているのは間違いない。

　佳正のペニスも硬くなっている。先端から我慢汁が溢れて、ボクサーブリーフの内側を濡らしていた。

「こうされるのを待っていたんですね」

乳首をいじって声をかけることで、佳正自身も昂ってくる。ペニスはさらに反り返り、興奮と欲望がどんどんふくれあがる。

「こういうこと、されたかったんでしょう」

「ち、違うの……」

「なにが違うんですか」

再び乳首にむしゃぶりつく。両手で乳房を揉みながら、先端をチュウチュウと吸いあげた。

「あああッ……お、夫以外とは、こんなこと……」

絵那が喘ぎまじりに訴える。それを聞いた瞬間、頭のなかでなにかがブチッと切れる音がした。

「親父ともやってましたよね。俺、この目で見ましたよ」

硬くなった乳首を舌で弾き、前歯で甘噛みをくり返す。女体が驚いたように跳ねまわり、牡の興奮を煽り立てた。

「あひッ、そ、それダメっ、お願いっ、ひいッ、噛まないでっ」

絵那の声が裏返る。強い刺激に反応して、悲鳴にも似た喘ぎ声をヒイヒイと響かせた。

「下のほうを確認させてもらいますよ」

佳正は絵那の上から降りると、添い寝の体勢になる。そして、ガウンの裾に手を伸ばした。

「な、なにを……」

「旦那以外とやりたくないって言うなら、反応してないはずですよね」

「ま、待って」

絵那が慌ててガウンの裾を押さえる。

しかし、佳正はその手を払いのけると、ガウンの裾を左右に開いて股間を露出させた。

「い、いやっ……」

手のひらで恥丘を覆い隠すが、すかさず手首をつかんで引き剝がす。陰毛がうっすらとしか生えておらず、白い地肌が透けている。内腿をぴったり閉じているが、恥丘の中央に走る縦溝が透けて見えた。

「お、お願い……見ないで」

絵那が涙を浮かべて懇願する。

そんな顔をされたら、ますます見たくなってしまう。つるりとした膝をつかむと、左右にぐっと押し開いた。

「ああっ……」

絶望の喘ぎ声とともに秘めたる部分が剝き出しになる。

（おおっ、これが絵那さんの……）

思わず腹の底で唸った。

陰唇は鮮やかなサーモンピンクだ。しかも、大量の華蜜で濡れており、妖しげな光をヌラヌラと放っていた。

九年前は陰になっていたため、拝むことができなかった。想像するしかなかった女陰を、ついにこの目で確認したのだ。濡れそぼった割れ目は、思っていた以上に美しくて、かつ牝の淫らな香りを放っている。

（なんて、いやらしいんだ……）

思わずうっとり見つめてしまう。

こうしている間も二枚の花弁が新鮮な赤貝のように蠢き、割れ目から透明な汁がジクジクと湧き出ている。恥じらう絵那の表情とのギャップがますます卑猥に見えて、ペニスが痛いほど硬くなった。

「やっぱり濡れてるじゃないか」

興奮することで、忘れていた憤怒もふくれあがる。

「旦那以外はいやとか言っても、こんなに濡れてるのはどうしてだよ」

ついつい口調が荒くなる。かつてないほど激しく昂り、頭のなかで紅蓮の炎が燃えあがった。

「い、いや、見ないで、お願いだから……」

「いやとか言いながら、濡らしてるじゃないか」

「こ、これは……わ、わからないけど……」

「本当は突っこまれたいんだろっ」

怒鳴りつけると、女体からガウンを奪い取る。

「あああっ」

絵那の羞恥の喘ぎ声とともに、女神のような裸身が露になった。

いきなり、熟れた女体がすべて剝き出しになる。絵那はブラジャーだけではなく、パンティもつけていなかった。雨で濡れたから脱いだのか、それとも黒紋付なので最初からつけていなかったのだろうか。

いずれにせよ、これで絵那は一糸まとわぬ姿になった。大きな乳房にくびれた腰、尻には脂が乗ってむっちりしている。これほど艶めかしい裸体を目にするのは、もちろんこれがはじめてだ。

「み、見ないで……」

羞恥にまみれた声がホテルの一室に響きわたる。

絵那は白いシーツの上で胎児のようにまるまった。懸命に裸体を隠そうとするが、恥じらう姿が牡の興奮を煽り立てる。むせ返るような色香が全身から滲み出ており、目にしただけで我慢汁がどっと溢れた。

(やってやる……やってやるぞ)

興奮で理性が吹き飛んでいる。

佳正は服を脱ぎ捨てて裸になると、いきり勃ったペニスを剝き出しにした。肉棒はこれでもかと反り返り、大量の我慢汁にまみれている。自分でも見たことがないほど張りつめて、臨戦態勢を整えていた。

じつは佳正もしばらくセックスから遠ざかっている。

初体験は大学生のとき、バイト先の先輩とすませていた。飲みに誘われて、帰りに先輩のアパートに寄った。緊張でなにもできなかったが、先輩がやさしくリードしてくれた。

当時は絵那のことを忘れたくて、正直なところ相手は誰でもよかった。セックスを経験すれば、忘れられると思っていた。

ところが、女を知ったことで、絵那と父親のセックスがより生々しく感じられるようになった。その記憶を消したくて、そのあとも何人かの女性と経験を重ねた。しかし、誰ひとりとして真剣交際に発展しなかった。

（それというのも……）

ベッドの上でまるまっている絵那を見おろす。

原因はわかっている。佳正は女性不信に陥っていた。すべては九年前のあの夜に見た光景が関係している。絵那と父親のからみ合う姿がトラウマとなり、女性を信用できなくなった。

（全部、絵那さんが悪いんだ）

偶然の再会で感情が激しく昂っている。

憎悪と思慕、屈辱と絶望、それに興奮が入りまじり、まるで嵐に遭遇した小舟のように心が激しく揺れていた。

4

「絵那さんっ」

女体を仰向けに転がすなり、下肢を強引にひろげて覆いかぶさる。そして、膨張した亀頭を女陰に押し当てた。

「ああっ、ま、待って」

絵那の慌てた声と、華蜜の弾けるグチュッという音が重なる。そのまま体重を浴びせるようにして、ペニスの先端を押しこんだ。

「くおおおッ」

「ダ、ダメぇっ」

絵那は両手を伸ばして、佳正の胸板を押し返す。

しかし、そうやって抵抗されると、なおさら興奮してしまう。途中でやめる気などさらさらなく、力まかせに亀頭をねじこんだ。

「あああッ、や、やめてぇっ」

「絵那さんっ、おおおおッ」

絵那の悲痛な声と佳正の呻き声が交錯する。

膣口は完全に蕩けているため、いとも簡単に亀頭が沈んでいく。二枚の陰唇を巻きこみながら、太幹をズブズブと押し進めた。

「ああッ、お、大きいっ、あああッ」

絵那の顎が跳ねあがり、裸体がググッと反り返る。佳正は動きをとめることなく、ペニスを一気に根もとまで埋めこんだ。

「はうううッ」

久しぶりの挿入で、女体が驚いているのかもしれない。絵那は仰け反ったまま固まり、まともな言葉を発する余裕もない。ただ膣はペニスをきつく食いしめていた。

(や、やった……絵那さんとセックスしてるんだ)

何度も妄想してきたことが現実になっている。膣の熱さをペニスに感じて、身震いするほどの興奮が全身にひろがっていた。

「おおッ……おおおッ」

激情にまかせて腰を振りはじめる。

彼女が感じているかどうかなど関係ない。膣とペニスをなじませたり、女体を労(いたわ)るつもりなどまるでなかった。

「あうッ、う、動かないで……」

「うるさいっ、黙れっ」

怒鳴りつけて腰を振る。とはいっても、女壺の締めつけが強いため、いきなり激しくピストンすることはできない。どうしてもスローペースの抽送になってしまう。

「あッ……ああッ……こ、擦れちゃうっ」

絵那が眉を八の字に歪めて訴える。

張り出したカリが膣壁を摩擦しているのだ。ペニスを後退させるたびに襞(ひだ)をえぐり、なかにたまっている華蜜がかき出される。根もとまで押しこめば、亀頭の先端が膣道の行きどまりを圧迫した。

「あううッ、こ、こんなに大きいなんて……」

絵那の言葉がますます佳正を奮い立たせる。

じっくり腰を振りながら両手で乳房を揉みあげて、指先で乳首をクニクニと転がした。

「ああッ、そ、そんなにされたら……あああッ」

喘ぎ声が少しずつ艶を帯びてくる。膣が太幹になじんできたのか、ピストンがスムーズになってきた。

「感じてきたんだろ」

「そ、そんなはず……はあンっ」

男根をズンッと送りこめば、女体が大きく反り返る。それと同時に結合部分から湿った蜜音が溢れ出した。

「ダ、ダメっ、激しくしないで……」

絵那が拒絶の声を漏らすほど興奮する。正常位で腰を大きく使って、太幹を大胆にスライドさせた。

「あううッ、は、激しいっ」

「激しいほうが気持ちいいだろ」

「い、いや……こんなに大きいの、はじめてだから……」

絵那は思わずといった感じでつぶやき、慌てて顔をそむける。そして、失言をなかったことにするように下唇を噛みしめた。

「へえ、そんなに大きいのか」

佳正は気をよくしてピストンスピードをあげていく。わざとカリを膣壁に擦りつけると刺激を強くした。

「ああッ、そ、それダメ……あああッ」

黙っていることができないのか、絵那が濡れた瞳で訴える。ペニスの動きに合わせて、腰がたまらなそうに揺れていた。

「俺と旦那、どっちが大きいんだ」

「そ、そんなこと……ああンっ、言えない」

言えないということは、認めているようなものだ。本人もそのことに気づいたのか、顔を悲しげに歪めて、いっそう艶めかしい声を漏らした。

「はああンっ、ダ、ダメっ、あああンっ」

もう、喘ぎ声をとめられないらしい。

ペニスが前後に動くたび、絵那の下腹部が波打っている。膣が収縮と弛緩をくり返して、太幹をしっかり食いしめた。

「それなら、俺と親父だったらどうなんだよ。どっちのチ×ポがでかいんだ」

「そ、それは、わからない……」

絵那は首を左右に振り、ついには涙をこぼしはじめる。

佳正の追求に耐えきれなくなったのか、真珠のような涙が目尻から溢れてこめかみを流れ落ちていく。

「泣かなくてもいいじゃないですか」

絵那の涙を目にしたことで、支配欲が刺激される。牝を屈服させる興奮がひろがり、自然とピストンスピードがアップした。

「くおおおッ、き、気持ちいいっ」

「ああッ……ああッ……」

リズミカルな抽送で、絵那の喘ぎ声も大きくなる。

華蜜の量も増えており、女体が蕩けているのは明らかだ。たとえ絵那が認めなくても、確実に身体は感じていた。

「え、絵那さんが、こんなにいやらしかったなんて……おおおおッ」

腰を振りながら九年前のことを思い出す。

絵那とセックスするなど考えられなかった。きれいな女子大生の家庭教師に恋をして、ただ褒められたくて一所懸命に勉強した。あのころの純粋だった自分が懐かしい。もう、遠い昔の思い出だ。

「クソッ……クソッ」

気づくと悪態をつきながら腰を振っていた。

「ああッ、あああッ、は、激しいっ」

絵那が喘ぐほどに、苛立ちが募ってくる。快感は大きくなるが、なぜか憤怒も大きくなる。その結果、ピストンは激しさを増し、欲望にまかせて力強くペニスを出し入れした。

「はあああッ、ダ、ダメっ、も、もうっ」

絵那の声がうわずっている。

強引なピストンで性感が蕩けているのかもしれない。華蜜の分泌量が増えており、膣のうねりも大きくなっている。感じているとわかるから、遠慮せずにペニスをたたきこんだ。

「おおおッ、おおおおッ」

まるで獣になったように唸りながら一心不乱に腰を振る。

ペニスを力強く突きこむたび、女体が大きく跳ねあがり、股間から華蜜が飛び散った。

「そ、そんなにされたら、壊れちゃうっ」

絵那が涙まじりに訴える。

しかし、感じているのは間違いない。ピストンを拒絶するどころか、佳正の腰の動きに合わせて股間をしゃくりあげている。ペニスをより深い場所まで引きこもうとしている証拠だ。

「あううッ、ふ、深いっ」

「ここか……ここがいいのかっ」

佳正はいっそう激しく腰を振る。体重をかけて突きこみ、亀頭の先端で子宮口を何度もノックした。

「あッ、あッ……そ、そこばっかり、あああッ」

「やっぱり、ここが感じるんだなっ」

「お、奥っ、あああッ、ダ、ダメっ、はあああッ」

絵那の声が切羽つまり、いつしか押し返そうとしていた両手が佳正の腰に添えられている。両脚も腰に巻きつけて、自らググッと引き寄せていた。

(くううッ、も、もう……)

佳正の欲望は限界まで高まっている。

ペニスを強烈に締めつけられて、我慢汁が次から次へと溢れ出す。媚肉がもたらす快楽だけではなく、喘ぎ悶える絵那の姿が射精欲を刺激する。ひと突きごとに高揚して、ついに最後の瞬間が訪れた。

「おおおおッ、え、絵那さんっ、おおおおッ、ぬおおおおおおおおッ！」

全力でペニスをたたきこみ、最深部で欲望を爆発させる。

凄(すさ)まじい勢いで精液が尿道を駆け抜けて、亀頭の先端から噴き出した。鮮烈な愉悦が四肢の先までひろがり、脳髄を灼きつくしていく。それでも腰を振りつづけて、脈動するペニスで膣のなかをかきまわした。

「あ、熱いっ、あああッ、も、もうっ、はあああああああああッ！」

絵那が絶叫にも似た声を響かせる。女体がブリッジする勢いで仰け反り、膣が猛烈に収縮した。ペニスを締めつけることで、鋭く張り出したカリが膣壁にめりこんだ。

「あああッ、ダ、ダメぇっ」

女体が凍えたようにガクガクと痙攣する。乳首はこれ以上ないほど硬く充血して、ペニスを根もとまで膣に咥えこんだ状態だ。

絵那の両手は、いつの間にか佳正の尻たぶにまわされている。爪(つめ)が皮膚にめりこみ、甘い痛みとなってひろがった。

「くうッ……」

佳正はブルッと身震いして、最後の一滴まで精液を注ぎこんだ。

折り重なった状態で、絵那の首すじに吸いついた。ペニスをより深い場所まで押しこみ、熱い媚肉の感触を堪能する。ペニスが溶けてしまいそうなほどの強烈な快感が全身にひろがった。

「ああっ、すごい……」

絵那がうわごとのようにつぶやくのが聞こえる。

（もしかして……）

佳正は射精の余韻に浸りながら上半身を起こすと、絵那の顔を見おろした。

膣はまだペニスを締めつけている。女体がときおりブルルッと震えて、そのたびに甘い吐息が溢れ出した。

「はンンっ……」

絵那の力んでいた身体が徐々に脱力していく。やがて半萎えのペニスがヌルリと滑って抜け落ちた。

強引に抱かれたことで、絵那はせつなげな表情を浮かべている。しかし、ねっとりと潤んだ瞳はどこか満足げだ。なにか言いたげに佳正を見あげるが、口を開くことはなかった。

（なんだよ。言いたいことがあるなら言えよ……）

佳正は心のなかで語りかけた。

かつてこれほど興奮するセックスはしたことがない。人生で最高の快楽を経験したが、苛立ちが解消されることはなかった。

心の奥底で暗い感情がくすぶっている。

自分でも正体がわからない。絵那に対する憎しみなのか、父親に対する怒りなのか、それとも自分自身に腹が立っているのか。

（クソッ……）

胸のうちで吐き捨てて、絵那の身体を見おろした。

うっすら汗ばんだ肌が艶めかしく光っている。ハアハアと乱れた呼吸に合わせて、大きな乳房が上下していた。

最初は抗っていたが、最終的には久しぶりのセックスで燃えあがっていたのではないか。しどけなく開かれた脚の間を見やると、大量に注ぎこんだ白濁液が膣口からトロトロと逆流していた。

第三章　後悔と葛藤

1

今夜も佳正は居酒屋に立ち寄った。

ここのところ毎晩、仕事終わりに飲み歩いている。人並みに飲めるが、とくに酒が好きというわけではない。だが、最近は同僚を誘って、軽くひっかけて帰るのが日課になっていた。

飲まずにはいられなかった。

絵那と偶然の再会をはたしたのは、十日ほど前のことだ。二度と会うことはないと思っていたので動揺した。かつては片想いをしていた女性だ。だが、父親との不倫が発覚して、淡い恋心は砕け散った。

絵那の顔を見た瞬間、長年くすぶりつづけていた想いがこみあげた。

さまざまな感情が入り乱れて、どうしても抑えられなかった。激情に流されるまま、怒りをぶつけるように抱いた。

相手の気持ちなどお構いなしで、ひたすらに腰を振った。かつてないほど興奮して、全身が蕩けそうな愉悦を体験した。しかし、あとに残ったのは、重苦しい罪悪感だけだった。

絵那は涙を流しながら身なりを整えた。

その姿を目にして、佳正の胸は締めつけられるとともに、新たな怒りを覚えていた。

(被害者ぶるんじゃねえよ)

思わず腹のなかで吐き捨てる。

ビールのジョッキをグッと呷(あお)って、一気に飲みほした。それでも気持ちが鎮まることはない。最近、徐々に酒量が増えている。いくら飲んでも酔うことができなかった。

「おい、椎野、聞いてるのかよ」

大きな声が聞こえて、はっと我に返る。正面に座っている同僚が、呆れた顔をしていた。

「ごめん、なんの話だっけ」

「別にたいした話じゃないけど……おまえ、最近ぼんやりしてるぞ」

指摘されて、思わず苦笑が漏れる。

自覚はあった。あの夜から絵那のことが頭から離れない。忘れたくても忘れられず、つい考えこんでしまう。

「目の下に隈ができてるぞ。ちゃんと寝てるのか」

「じつは、眠りが浅いんだよ」

夜、横になってもなかなか寝つけない。目を閉じると、瞼の裏に絵那の顔が浮かんでしまうのだ。

「悩みでもあるのか」

同僚が真剣な顔になった。

悩みがないと言えば嘘になる。しかし、誰かに話したところで解決するとは思えない。

「酒の飲みすぎかもしれないな」

「確かに、よく飲みに行ってるみたいだな」

「まあな……」

佳正は曖昧にうなずいた。

毎晩、同僚や後輩を飲みに誘っているので、噂が耳に入ったらしい。心配されているのがわかったので、わざと明るく笑い飛ばした。

「女にフラレたんだよ」

「そんなことだと思ったよ。酒に逃げるのはよくないぞ。今日はそろそろお開きにしようぜ」

「まだ早いだろ」

腕時計に視線を落とすと、まだ午後九時前だ。もう少し飲みたい気分だが、同僚は聞く耳を持たずに立ちあがった。

仕方なく店を出て同僚と別れる。

佳正はＪＲで同僚は地下鉄だ。駅に向かって歩きはじめる。すると、またしても絵那の顔が脳裏に浮かんだ。

絵那と父親の不倫によって家庭が壊れた。母親が亡くなったのも、絵那に責任の一端があると思っている。だが、いちばんの問題はほかにある。結局、佳正が自分の気持ちに折り合いをつけるしかないのだ。

――償いはするつもりです。

あの夜、絵那は別れぎわに名刺を差し出した。

受け取ったが、連絡するつもりはなかった。そのまま財布に入れて、一度も見ていない。

（もう、二度と……）

会うべきではないと思う。

顔を見たら、また同じことをしてしまう。絵那を前にすると感情をコントロールできなくなるのは目に見えている。

会うつもりはないのに、名刺は財布のなかに入ったままだ。何度も捨ててしまおうと思った。見れば心が揺らいでしまう。それなのに、どうしても捨てることができなかった。

（今のうちに捨てておくか……）

ふと歩道で立ちどまり、ジャケットから財布を取り出した。

持っているから気になるのかもしれない。いっそのこと捨ててしまえば、絵那のことをきっぱり忘れられると思った。

財布から名刺を引き出して破ろうとする。だが、直前で手がとまった。名刺をもらっただけで、仕事の話はいっさい聞いていなかった。

（そういえば、どこで働いてるんだ……）

ふと興味が湧いて、名刺に視線を向ける。

邁進学習塾　内原絵那

そう印刷されていた。

塾講師なのか事務員なのかはわからないが、塾で働いているらしい。もとはといえば佳正の家庭教師として出会ったので、生徒の前で教えている姿が容易に想像できた。

(先生……やってるのかな)

懐かしさがこみあげる。

片想いをしていたころの純粋な気持ちが同時によみがえり、どうしても名刺を破れなくなった。

塾の住所と電話番号も印刷されている。ここから意外と近く、タクシーに乗れば五分もかからない距離だ。住所から察するに、どうやら雑居ビルの一階に塾が入っているようだ。

きっと塾講師をやっている気がする。

それなら、遠目でもよいので、絵那の姿を拝めないだろうか。声をかけるつもりはないが、彼女が教壇に立っている姿をひと目みたい。そんなことを思ってしまうのは、酒を飲んだせいだろうか。

しかし、職場に押しかけたら、おかしなやつと思われそうだ。先日のことがあるので、絵那も警戒するに違いない。でも、外からチラリと見るだけなら問題ないのではないか。

(塾の前を通るだけだ。それなら、構わないよな)

そう自分に言い聞かせる。

タクシーを停めて、後部座席に乗りこんだ。行き先の住所を告げると、運転手はあからさまにいやな顔をした。

「歩いてもすぐですよ」

愚痴りながらも走り出す。

行く気があるなら、どうしてよけいなことを言うのだろうか。こちらもむっとするが、それより今は絵那のことのほうが気になった。

ワンメーターで到着してタクシーを降りる。

通り沿いに大手の予備校があるが、絵那の働いている塾ではない。スマートフォンの地図アプリで確認しながら路地に入る。少し歩くと雑居ビルがあり、高校生くらいの男女が十人ほど出てきた。

入口の看板に「邁進学習塾」と書いてある。

時刻は午後九時を過ぎたところだ。塾の授業が終わって、家に帰るところかもしれない。

佳正は塾のほうにゆっくり歩いていく。絵那の姿をひと目見たい。ただそれだけだ。さりげなく視線を向けたとき、見覚えのある女性が現れた。

「みんな、気をつけて帰るのよ」

清らかな声の主は絵那に間違いない。

白いブラウスに濃紺のタイトスカートという服装で、ナチュラルカラーのストッキングにベージュのパンプスを履いている。黒髪を肩に垂らしており、生徒たちにやさしげな笑みを向けていた。

(え、絵那先生……)

無意識のうちに歩調を緩めて、じっと見つめてしまう。

あのころと変わらぬ絵那がそこにいた。佳正の心は、絵那に夢中になっていたころに飛んでいた。四つ年上の女子大生だった絵那が大人に見えて、胸が苦しくなるほど大好きだった。

「先生、いっしょに帰ろうよ」

男子のひとりが絵那に話しかける。

もしかしたら、片想いをしているのかもしれない。絵那に向ける目が、ほかの生徒とは違っていた。

「まだ仕事が残ってるの。みんなといっしょに帰りなさい」

「はあい……おい、帰ろうぜ」

男子はつまらなそうにつぶやき、友達に声をかける。

「あっ……」

そのとき、絵那が小さな声をあげた。

視線は佳正に向いている。まさか、ここに来るとは思わなかったのだろう。目を見開いて固まった。

「先生のカレシですか」

「えっ、そうなの」

女子たちが気づいて騒ぎはじめる。

絵那と佳正を交互に見やり、なにやら楽しげだ。恋の話というのは、年代に関係なく女性を高揚させるものらしい。絵那が未亡人だということを知らないのだろうか。いや、すでに過去のことだと思っているのかもしれない。

「ねえねえ、先生、教えてくださいよ」

「カレシなんでしょう」

盛りあがる女子たちとは裏腹に、男子たちは不満げな顔をしている。もしかしたら、全員が絵那に恋しているのではないか。だから、佳正の存在がおもしろくないのだろう。

(俺は、なんでもないよ……)

心のなかでつぶやいた。

とたんに先ほどまでの思慕が消え去り、荒涼とした気分に襲われる。佳正と絵那は、生徒たちが冷やかすような関係ではない。むしろ、憧れの裏返しで憎しみが増した危険な状態だ。

「違います。ほら、早く帰りなさい」

絵那が生徒たちに声をかける。すると、男子も女子も仕方なくといった感じで帰りはじめた。

(なれたもんだな……)

佳正はその場にとどまり、絵那の姿を見つめつづける。

言葉を交わすつもりはなかったが、目が合ってしまったので仕方がない。すると、絵那のほうから歩み寄ってきた。

「こんばんは。なかで話しませんか」

思いのほか穏やかな声だ。先ほどは驚いた顔をしていたが、すでに冷静さを取り戻している。

（動揺してるのは、俺のほうか……）

心のなかで自嘲するようにつぶやき、静かにうなずく。自分からこの場に足を運んだのに、どういうわけか絵那より緊張していた。

2

「ここで待っていて」

絵那に案内されたのは塾の教室だ。

ひとりがけの白い机が、横四列、縦五列の計二十台並んでいる。前方には黒板があり、後方の窓は路地に面していた。

「今日の授業は終わったから、みんなを帰してしまうわね」

絵那はそう言って窓のブラインドをおろすと、教室から出ていった。

同じサイズの教室がほかにもあるようだが、いずれにしても学習塾の規模はそれほど大きくない。絵那が言っていた「みんな」とは、ほかの職員のことだ思うが、人数は多くないだろう。

(なんか、おかしなことになったな……)

佳正は最前列の机に寄りかかる。

言葉を交わす気はなかったが、なんとなく流れで教室に足を踏み入れてしまった。今ごろになって断ればよかったと後悔していた。

「お待たせしました」

しばらくして、絵那が教室に戻ってきた。

「お茶しかないけど、どうぞ」

ペットボトルを差し出されて、佳正は無言で受け取った。

先日、強引に抱いたのに、絵那は普通に接している。警戒したり、軽蔑(けいべつ)の目を向けたりすると覚悟していたが、そんな感じはまったくない。そのことに違和感を覚えた。

「どうして、俺をここに入れたんですか」

自然と攻撃的な口調になってしまう。

佳正のほうが警戒している。絵那の考えていることがわからず、内心身構えていた。

「佳正くんがわざわざ来てくれたんだもの。ほかの職員はみんな帰したから大丈夫よ」

絵那の口調はあくまでも穏やかだ。

しかし、なにか釈然としない。喉に魚の小骨がひっかかっているような、いやな感じがつづいていた。

「俺とふたりきりになってもいいのかよ。なにをするかわからないぞ」

わざと前回の記憶を呼び起こす言葉を投げかける。しかし、絵那は無防備に立ちつくしていた。

「償いはするつもりよ」

この前と同じ言葉だ。

本気で悪いことをしたと思っているのかもしれない。

しかし、レイプまがいのセックスを強要した佳正に対して、よくそんなことが言えると思う。佳正は訴えられてもおかしくないのだ。あまりにも人がよすぎる気がした。

「どういうつもりですか」

「だって、悪いのはわたしだから……」

絵那はそう言って視線を落とす。

また犯される覚悟はできているということだろうか。なにかおかしい。佳正はますます警戒して、教室のなかを見まわした。

「隠しカメラでもあるんじゃないだろうな」

なにかを企んでいる気がしてならない。わざと襲われるようにしむけて、その瞬間を撮影するつもりではないか。決定的な証拠を押さえて、警察に突き出す計画かもしれない。

「そんなことしないわ」

「信じられないね」

「ここは夫が遺してくれた大切な塾なの。教室にカメラなんてしかけたら、夫に叱られてしまうわ」

絵那が眉を歪めて訴える。

不倫をするような女を全面的に信用することはできない。だが、その言葉に嘘はない気がした。

「ちょっと待ってください。夫が遺してくれたってことは……」

「夫が経営していたのを、わたしが引き継いだの」

驚きのひと言だ。まさか絵那が経営者だとは思いもしなかった。

「教えることはないんですか」

「小さな塾で人が足りないから、わたしが教えることもあるわ」

絵那は穏やかな口調で話しはじめる。

この邁進学習塾は、夫が生前に開いたものだという。学生時代から塾講師のアルバイトをしてノウハウを学び、こつこつと貯金をした。そして、大学卒業後に念願だった塾をはじめて、ようやく軌道に乗りはじめたころ、癌が発覚して帰らぬ人となった。

「塾の経営はあの人の夢だったの。受験のためだけではなくて、子供たちに学ぶ楽しさを教えたいって……」

絵那は夫のことを思い出したのか、涙ぐみながら語る。

夫の方針で、目が行き届かなくなるので生徒数は増やさないという。だが、近くに大手の予備校ができたこともあって、経営は楽ではないようだ。

「夫が苦労してはじめたこの学習塾を、なんとしても守るつもりよ」

絵那の言葉にめずらしく熱がこもる。

感動的な話だが、それを聞いて佳正の心は急速に冷めていく。絵那の夫に対する想いの強さはわかったが、こちらは家庭を壊されている。くすぶりつづけている苛立ちに火がついた。

「絵那さんはこの塾があるから、まだマシですよ。俺なんて、なんにも残ってませんから」

絵那が息を呑むのがわかった。

「親父は家を出たきり行方知れずで、母さんの葬式にも来なかった。不倫をして母さんを裏切って、最後の最後まで……最低の男だと思いませんか」

「わ、わたし……わたしのせいで……」

「昔の楽しかったことを思い出そうとしても、なんにも思い出せないんです。すべてがいやな記憶に変わってしまいました。平和だったころの家族の思い出すら残ってないんですよ」

自分でもいやな言いかたをしていると思う。しかし、絵那のことが大好きだった反動で、憎しみはよけいに大きくなっている。傷つける言葉を投げつけなければ気がすまないのだ。

「いつから親父と不倫してたんだよ」

「それは……」

絵那が言いよどんで視線をそらす。この期に及んで隠しごとをしている気がして、苛々が募った。

「全部教えてくれよ。不倫をしていたから、親父は絵那さんに家庭教師を頼んだんじゃないのかよ」

手にしていたペットボトルをたたきつけるように机に置く。その音に驚き、絵那が肩をビクッとすくませた。

それきり、ふたりとも黙りこんだ。

佳正は怒りのこもった目でにらみつけて、絵那はリノリウムの床の一点を見つめている。黒板の上にかけてある時計の秒針が、時を刻むカチッ、カチッという音だけが響いていた。

「家庭教師を頼まれたときは、なにもなかったの……」

しばらくして、絵那が重い口を開いた。

慎重に言葉を選んでいるのか、それとも告白するのがつらいのか、口調はやけにゆっくりだ。

「わたしは、お父さんの研究室に入っている普通の学生だった。ある日、息子の家庭教師をやってくれないかって言われて……ちょうどアルバイトを探していたから引き受けたの」

絵那はうつむいたまま語る。

家庭教師をやるようになって、俊蔵との距離が急速に縮まった。だが、すぐに不倫がはじまったわけではないという。

「わたしは尊敬……怒らないで聞いてね。お父さんのことを教授として尊敬していたけど、お父さんのほうは、わたしのことをただの学生としか思っていなかったわ」

最初から不倫をしていたわけではないらしい。

それを聞いて、少しだけほっとする。佳正が好きになったときは、まだ父親の愛人ではなかった。あのときは普通の女子大生だったことになる。それだけのことだが、わずかながら心が救われた気がした。

「じつは、信じてもらえないかもしれないけど……」

絵那はそう前置きしてから話しはじめる。

「あの夜がはじめてだったの。それまでは、まったくなにもなかったの。ただの教授と学生だったから、突然のことに驚いてしまって……」

「そんなこと、信じられないね」

佳正は思わず口を挟んだ。

なにもなかったのに、人の家でセックスをするだろうか。しかも、二階には佳正がいたのだ。あれがはじめてだったと言われても、即座に認めることはできない。

「やっぱり、信じてもらえないわよね。でも、本当なの。わたしもどうして今なのって思ったけど、動揺してしまって……」

絵那の口ぶりには真実味がある。今さら嘘をつくとも思えない。

「それなら、どうして破局したんですか。突然、迫られたとしても、一度は受け入れたんですよね」

こうなったら徹底的に追求するつもりだ。

絵那にとってはつらい時間になるかもしれないが、そんなことは関係ない。自分には真実を知る権利がある。不倫の被害者だという意識が強くあった。

「絵那さんは親父のことを尊敬していたんだから、終わりにする必要はなかったんじゃないですか」

佳正が迫ると、絵那は首をゆるゆると左右に振った。

「このままではいけないと思ったの。わたしのせいで、佳正くんや奥さまを傷つけてしまうって……」

「しらじらしい。きれいごとを言うのはやめてください」

思わず言い放つと、苛立ちを鎮めたくてペットボトルのウーロン茶をがぶ飲みした。

「あの夜の翌日、大学の研究室でお父さんとふたりきりになったから、昨日みたいなことはやめてくださいって言ったの」

絵那は必死に語りつづけている。

思っていたのと違う展開にとまどってしまう。佳正は相づちも打たずに、ただ黙って聞いていた。

「そこにほかの不倫相手が入ってきて、騒ぎはじめて……」

そう言われて思い出す。

俊蔵には絵那以外にも愛人がいた。俊蔵本人が言ったのだから間違いない。絵那はたくさんいる愛人のなかのひとりにすぎなかった。

「その人も学生だったわ。廊下でわたしの話を聞いていたみたいで、怒って入ってきたの。愛人は自分だけだと思っていたのね」

その女性が逆上して、近くにあったものを手当たり次第に投げはじめた。俊蔵がとめようとしたが、どうにもならなかったという。窓ガラスが割れて大騒動になり、不倫のことが明るみになった。

「それで、親父は……」

記憶のなかの出来事や断片的な話が、だいぶつながった気がする。

九年前のあの夜以降、俊蔵はどこか落ち着かない様子だった。あれは不倫が発覚したことで、連日にわたって大学から取り調べを受けていたのだろう。そして大学をクビになり、家族に告白した。

「わたしが研究室で話さなければ、あんな騒ぎには……わたしのせいで、お父さんは職を失ったの。ごめんなさい」

絵那は責任を感じているようだ。

しかし、大学を解雇されたのは俊蔵の自業自得であって、絵那が悪いわけではない。むしろ被害者の側面もある気がした。

（でも……）

甘い顔をするつもりはない。

絵那が父親とセックスしていたのは事実だ。あの夜、急に迫られて動揺したとはいえ、絵那は受け入れた。その現場を目にした佳正のショックは、あまりにも大きかった。

「俺は絵那さんのせいで、すっかり女性不信ですよ」

「わたしのせいで……」

「あんなもの見せられたら、女性を信じられなくなって当然でしょう」

憎々しげに吐き捨てる。

まともな恋愛ができなくなったのは絵那のせいだ。女性と盛りあがることはあるが、どうしても本気にはなれない。いつか裏切られるのではないかと警戒して、無意識のうちにブレーキをかけてしまう。つき合う寸前までいくと、自分から別れを切り出すことのくり返しだ。

「わたしのせいなのね……」

絵那が苦しげに顔を歪める。

自分の浅はかな行いが、純粋だった佳正の心を傷つけたことに気づいたのかもしれない。申しわけなさそうに見つめている。その顔を見ていると、先日の興奮がよみがえった。

3

「そういうことなんで、わかりますよね」

佳正は黒板の前に立っている絵那に歩み寄る。そして、目の前で股間をグッと突き出した。

「気持ちよくしてよ」

「な、なにをすればいいの……」

絵那がとまどいの言葉を漏らしてあとずさりする。

佳正はゆっくり迫っていく。やがて、絵那の背中が黒板にぶつかり、逃げ場がなくなった。

「そうだな。口でやってもらおうかな」

「そ、そんな……」

「やらないんだ。償うとか言ってたのは、やっぱり口先だけか」

揚げ足を取るような言いかたになるが、どう思われても構わない。どうせ好かれることはないのだ。ただ憎しみをぶつけたかった。

「ここでは……ほかの場所にして」

絵那が絞り出すような声でつぶやいた。

夫が大切にしていた学習塾では、淫らな行為をしたくないらしい。そうだとわかったことで、なおさら強要したくなった。

「俺は今すぐやってもらいたいんだ。本当に悪いことをしたと思ってるなら、できますよね」

自分でも最低だと思うが、絵那が相手だと残酷になれる。どこまでも追いつめて、屈服させたい気持ちが湧きあがった。

「お願い。ほかの場所なら、なんでも……」

「ダメだね」

絵那の言葉を一蹴すると、再び股間を突き出した。

「今すぐやるんだ」

一歩も引くつもりはない。彼女が悲しげな顔をするから、よけいにいじめたくなる。佳正の言動はさらに高圧的になっていた。

「旦那が開いた学習塾で、俺のチ×ポをしゃぶるんだよ」

「そ、そんなこと、言わないで……」

「償うんじゃないのかよ。それとも、また俺を騙したのか」

その言葉が胸に刺さったらしい。絵那は下唇を噛むと、涙目になりながらもうなずいた。

「わ、わかったわ」

意を決したようにつぶやき、目の前にひざまずく。

タイトスカートからのぞく両膝を床につけて、ほっそりした指を佳正のスラックスに伸ばした。まずはベルトを緩めると、ホックをはずしてファスナーをおろしていく。

（本当にやるのか……）

自分で命じておきながら、絵那が従っていることに驚かされる。

夫の夢だった学習塾について、あれほど熱く語っているのを聞いた直後だ。それだけに、彼女の行動に違和感を覚えた。

絵那はスラックスを膝まで引きさげると、さらにボクサーブリーフのウエスト部分に指をかける。さすがに躊躇するが、それでもゆっくりおろしていく。まずは陰毛が溢れ出して、さらにペニスが露になる。

まだ芯は通っておらず、力なく頭を垂れた状態だ。

仮性包茎なので、亀頭の大部分は皮に覆われている。そんな状態のペニスを見られるのは、別の意味で恥ずかしい。勃起してから命じるべきだった。まだ興奮が足りずに頭も冷静なので、妙に落ち着かなかった。

「失礼します……」

絵那が小声でつぶやき、震える両手をペニスに伸ばす。根もとに添えて陰毛を押さえると、膝立ちの姿勢で顔を寄せた。

震える手と悲しげに歪んだ眉が、彼女の心境を表している。本当はやりたくないのに、無理をして従っているのは明らかだ。

「どうして、抵抗しないんだよ」

素直すぎるのも不安になる。

もう、隠しカメラがあるとは思っていないが、彼女の考えていることがわからなかった。

「俺が言ったからって、こんなことまでする必要ないだろう」

「わたしは、やらないといけないの……」

絵那が言葉を発すると、熱い息が亀頭に吹きかかる。

それだけでゾクゾクして、腰に震えが走り抜けた。しかし、まだ勃起するほどではなく、ペニスは情けなく垂れさがったままだ。

「佳正くんを傷つけてしまったから……」

絵那は再びつぶやくと、唇を亀頭の先端にそっと押しつける。

まさか亀頭にキスされるとは思いもしない。佳正は困惑するが、絵那はそのまま亀頭を口に含み、唇を竿に密着させる。まるで傷を癒すように、口腔粘膜でペニスをやさしく包みこんだ。

「ううっ……」

佳正は呻き声を漏らして、革靴のなかで足の指をグッと踏ん張った。

断られるかと思ったが、何度も妄想していたことがあっさり実現した。己の股間を見おろせば、かつて家庭教師だった絵那がペニスを咥えている。決して手が届かないと思っていた女性がフェラチオしているのだ。

(絵那さんが、俺のチ×ポを……)

信じられない光景が展開されている。

先日のセックスは佳正が強引に挿入した。しかし今は、命じたとはいえ、絵那が自らペニスを口に含んだのだ。

しかも、絵那は白いブラウスに濃紺のタイトスカートという、家庭教師のときによく見た服装だ。当時の記憶がよみがえり、胸の奥が熱くなる。毎週、絵那に会うのが楽しみで仕方なかった。

熱くて柔らかい舌が竿にからみつき、ヌルヌルと這いまわる。全体に唾液を塗りつけると、舌先はペニスの先端に移動した。

まだ皮をかぶっているため、先端部分は巾着（きんちゃく）の口のようになっている。そこを舌先で舐めまわしては、皮をこそぐように唇をスライドさせて、亀頭をわずかに露出させた。

「くうッ……」

またしても声が漏れてしまう。

敏感な尿道口を舌先で直接くすぐられて、電流のような快感が全身にひろがった。その直後、ペニスがむくむくとふくらみはじめる。竿が太さを増して硬くなり、亀頭も水風船のように膨張した。

「はううっ」

絵那はペニスを根もとまで咥えたまま、困惑の声を漏らす。その間も男根は成長をつづけて、ついには口内を埋めつくした。

皮はしっかり剝けており、ふくらんだ亀頭が完全に露出している。そこに絵那の舌が這いまわると、鮮烈な快感がひろがった。

「ううウッ、す、すごいっ」

たまらず呻いて腰を震わせる。

フェラチオの経験はあるが、萎えた状態から口のなかで勃起するのは、これがはじめてだ。亀頭が喉の奥に到達して、絵那が苦しそうな顔をする。しかし、決して吐き出すことなく、首をゆったり振りはじめた。

「ンっ……ンっ……」

微かに鼻を鳴らしながら、唇で太幹を擦りあげる。

とろみのある唾液が潤滑油となり、ヌルリッ、ヌルリッと滑る感触が、蕩けるような快楽を生み出していた。首の動きはゆったりしているが、早くも我慢汁がどっと溢れるのがわかった。

口のなかに牡のにおいがひろがっているはずだ。それでも、絵那は気にすることなく首を振っている。唇が一往復するたび、快楽のさざ波が打ち寄せて、それが少しずつ大きくなっていく。

（こ、こんなに気持ちいいなんて……）

これまで経験したフェラチオとは比べものにならない快楽だ。

股間に視線を向ければ、絵那がペニスを咥えて首を振っている。さくらんぼを思わせる肉厚のぽってりした唇から、唾液で濡れ光る太幹が出入りをくり返していた。

「はむっ……むふっ……あふンっ」

絵那が鼻にかかった声を漏らしながら首を振る。

両手はペニスから離して、佳正の腰に添えていた。唇だけで男根を刺激して快感を送りこんでいる。いわゆるノーハンドフェラというやつだ。絵那がこんなテクニックを使うとは思いもしなかった。

「こ、これは……うむッ」

急激に射精欲がふくれあがり、慌てて全身の筋肉に力をこめる。

そうでもしなければ、あっという間に精液を噴きあげていただろう。ギリギリのところで射精欲の波をやり過ごして股間を見おろした。

上目遣いに見あげていた絵那と視線が重なった。

ペニスを咥えた状態で、佳正の表情を確認していたらしい。今にも昇りつめそうになっていたことに気づかれたのではないか。羞恥がこみあげるが、同時に快感も大きくなった。

絵那はそのまま首を振りつづけて、徐々にスピードをあげていく。リズミカルにペニスを擦り、快楽の波が次から次へと押し寄せる。

「くううッ……ちょ、ちょっと、ストップ」

両手で絵那の頭をつかんで動きをとめる。

しかし、絵那は愛撫を緩めない。口内では舌が亀頭を這いまわり、同時にジュルルッと音がするほど吸いあげる。唇が太幹を強く締めつけているのも快感になり、腰がガクガクと震え出した。

「うううぅッ」

このままでは絶頂に達してしまう。

懸命に耐えようとして、尻の筋肉を引きしめる。ところが、絵那の舌先が尿道口をチロチロとくすぐった瞬間、こらえていたものが一気に決壊した。

「で、出るっ、くうううぅッ！」

とてもではないが耐えられない。ついに快感が爆発して、絵那の口のなかに精液をぶちまける。それと同時にペニスを思いきり吸いあげられて、精液が高速で尿道のなかを駆け抜けた。

「す、すごいっ、おおおおおおッ！」

強制的に吸い出されることで、射精の快感が何倍にもふくれあがる。頭のなかがまっ白になり、獣のような咆哮を轟かせた。

「あむンンンっ」

絵那はペニスを根もとまで口に含んだまま放さない。噴きあがる精液をすべて受けとめると、喉をコクコク鳴らして飲みくだした。

まさか絵那が、これほど淫らなフェラチオをするとは思いもしなかった。いったい、誰にしこまれたのだろうか。今は亡き夫なのか、不倫相手の俊蔵なのか、それとも佳正の知らない誰かなのか。いずれにせよ、絵那の意外な一面を垣間見た気がした。

4

「ストップって言いましたよね」

佳正は絶頂の余韻のなかでつぶやいた。

絵那はようやくペニスを吐き出して、ひざまずいたまま佳正を見あげる。目の下を桜色に染めた表情が色っぽい。思わず見惚れてしまうが、懸命に視線を引き剝がした。

「どうして、やめなかったんですか」

おかげで射精してしまった。まだ出すつもりはなかったのだが、彼女のテクニックの前に撃沈した。

もしかしたら、フェラチオで射精させて、本番を回避しようとしたのではないか。欲望を吸い出してしまえば、逃げられると思ったのかもしれない。そういう考えなら、許すつもりはなかった。

「勝手なことをしないでください。どういうつもりですか。俺がやめろって言ったら、すぐにやめるんです」

「ごめんなさい……久しぶりだったから、つい……」

絵那は恥ずかしげにつぶやき、顔をうつむかせる。

耳までまっ赤に染めて、タイトスカートのなかで内腿をもじもじと擦り合わせた。どうやら、絵那も昂っていたらしい。久しぶりにペニスをしゃぶり、つい夢中になってしまったのだろうか。

「無理やりしゃぶらされたのに、興奮したんですか」

わざと冷たい言葉を浴びせかける。

「幻滅しましたよ。男なら誰でもいいってわけですか」

「ち、違うの……」

絵那の声は消え入りそうなほど小さい。顔をうつむかせたまま、視線を合わせようとしなかった。

「なにが違うんだよ。俺のチ×ポを舐めて、オマ×コを濡らしてたんだろ」

怒鳴りつけると、腕をつかんで立ちあがらせる。

「あっ……な、なにをするの」

「確認してやるから、そこに手をつけよ」

黒板を指さして、両手をつかせる。絵那は腰を九十度に折って前屈みになり、尻を後方に突き出す格好になった。

「ま、待って……」

「うるさい。動かないでくださいよ」

スカートをまくりあげて、ストッキングと白いパンティをまとめて膝まで引きさげる。とたんに白桃を思わせる尻が剝き出しになった。

「ああっ、い、いや……」

絵那は恥ずかしげにつぶやくが、前屈みの姿勢を崩すことはない。佳正の命令に従って、双臀をしっかり突き出している。

「塾なのに、こんな格好……」

「そんなこと言ってるけど、本当は興奮してるんでしょう」

「興奮なんて――あぁっ」

絵那の声が甘い響きに変化する。

両手を尻たぶに重ねて、無遠慮に指をめりこませたのだ。

白くて艶々した柔肌は溶けそうなほど柔らかい。弾力はあるのに、指がどこまでも沈みこんでいく。執拗に揉みあげるが、絵那は顔をうつむかせるだけで逃げようとしなかった。

「なんだよ。ケツを揉まれて感じてるんですか」

「ち、違う……ンンっ、違うの……」

絵那は吐息まじりにつぶやくが、たまらなそうに腰をよじらせる。この状況で感じているのだろうか。

「違うんですね。それじゃあ、確認してやるよ」

佳正は彼女の背後でしゃがむと、両手で尻たぶを割り開いた。

「あぁっ……」

絵那の悲痛な声とともに、サーモンピンクの陰唇が露になる。

やはり大量の華蜜で濡れており、二枚の花弁はトロトロになっていた。こうしている今も、割れ目から新たな汁が溢れ出している。チーズにも似た艶めかしい牝の香りも漂っており、絵那が昂っているのは明らかだ。

「やっぱり濡れてるじゃないですか」

「お、お願い、見ないで……」

「絵那さんのオマ×コ、いやらしい汁でぐっしょり濡れてますよ」

辱めの言葉をかけると、絵那は内股になって腰をよじる。そんな姿が、ますます佳正の興奮を煽り立てた。

「そ、そんな……ウ、ウソよ……」

「ウソじゃないですよ。ほら、こんなに濡れてるじゃないですか」

右手の人さし指を割れ目にあてがうと、それだけでグチュッという湿った音が響きわたった。

「ああっ、触らないで……」

「聞こえたでしょう。すごく濡れてますよ」

指先を膣に浅く沈みこませて、軽く抜き挿しする。湿った音が大きくなり、学習塾の教室に反響した。

「あああっ、い、いや……いやよ」

「すごいですね。塾なのに、こんなに濡れちゃうんだ」

指を動かすたびに、新たな華蜜が溢れ出す。すでに内腿まで濡れており、床にもポタポタと滴り落ちた。

「ほら、すごく垂れてますよ」

「ダ、ダメ、やめて……あああっ」

もう、声を抑えられないらしい。指で軽くかきまぜているだけなのに、絵那は腰を左右に振りはじめた。

「あっ……あっ……」

「ここは旦那さんが作った大切な塾なんですよね。それなのに、そんなに感じちゃうんだ」

「だ、だって、そんなにされたら……あンンっ」

絵那が喘ぎながら振り返る。

抗議するような瞳を向けられると、佳正も黙っていない。指を抜いて立ちあがり、尻たぶを両手でつかんだ。

「えっ……ま、待って」

絵那が不安げな声を漏らす。その直後、硬さを取り戻したペニスの先端を陰唇に押し当てた。

「あンンっ……ど、どうして……」

「絵那さんのせいですよ。あんまりいやらしく喘ぐから、また硬くなっちゃいました」

佳正はそう言って唇の端に笑みを浮かべた。

先ほどフェラチオで大量に射精したにもかかわらず、ペニスは逞しく屹立している。先端からは我慢汁が溢れており、もはや挿入することしか考えられなくなっていた。

「そ、それだけは……ここではいや」

「こんなにオマ×コ濡らしてるのに、今さらなに言ってるんですか」

構うことなく亀頭を膣口に埋めこんだ。

「はああッ、ダ、ダメぇっ」

絵那の唇から悲鳴にも似た喘ぎ声がほとばしる。

立ちバックでの挿入だ。亀頭が入ったことで、膣内にたまっていた愛蜜がグジュッと溢れた。尻の穴もまる見えで、ヒクヒクと反応している。試しに指先でそっと撫でてみると、驚いたようにキュウッとすぼまった。

「ひいッ、そ、そんなところ、触らないで……」

絵那が慌てたように声をあげる。

尻穴はどうしてもいやらしい。佳正もそこに興味はない。だが、絵那がいやがるなら、責める価値はありそうだ。

「ここも感じるんですか」

指の腹で肛門を撫でながら語りかける。それと同時に、ペニスをゆっくり押しこんだ。

「ひああッ、や、やめて、そこはいやぁっ」

絵那の唇から金属的な声があがる。しかし、尻穴をいじることで、膣の締まりが強くなっていた。

「そんなこと言って、本当はケツの穴でも感じてるんじゃないですか」

「か、感じてなんて……ひンッ、い、いやぁっ」

肛門の放射状にひろがる皺をなぞると、絵那の反応が大きくなる。

排泄(はいせつ)器官を愛撫されることに嫌悪感はあるが、敏感なのは間違いない。触れるたびにイソギンチャクのようにすぼまり、連動して膣も収縮する。

「ほら、すごい締めつけですよ」

「お、お願い……ほかのことなら、なんでもするから」

振り返った絵那の目から涙が溢れている。それでも、膣はペニスをしっかり食いしめていた。

「へえ、なんでもするんですね」

佳正は両手で彼女の腰をしっかりつかむと、ペニスを挿入したまま向きを変える。絵那は黒板から手を離して、最前列の机に手をついた。

「な、なにをするの……」

「教室を眺めながら、やりましょうか。こっち向きだと授業を思い出して、興奮するでしょう。どうです。生徒たちの顔が思い浮かびますか」

耳もとで語りかけることで、授業風景の想起をうながす。それと同時に両手を前にまわして、ブラウスのボタンをはずして前をはだけさせた。

「ああっ、ま、待って」

「待ちませんよ。なんでもするんでしょう」

「で、でも、ここでは……」

絵那がとまどいの声を漏らすが、すかさずブラジャーのホックをはずして乳房を剝き出しにする。前屈みになっているため、たっぷりした柔肉がタプンッと揺れた。

「あンっ、そ、そんな……」

「いやらしい格好になりましたよ。生徒が見たら、どう思うでしょうね」

佳正が語りかけると、膣の締まりが強くなる。

もしかしたら、生徒の視線を想像したのかもしれない。絵那は教室を見まわして、首をゆるゆると左右に振った。

「絵那さんのことが好きな生徒もいるんじゃないですか。さっきも憧れの目で見ている男子がいましたよね」

「や、やめて……」

「彼が見たら、きっと驚きますよ。なにしろ、憧れの先生が教室でセックスしてるんだから」

絵那を辱めるつもりでしつこく語りかける。だが、その言葉がそのまま自分に跳ね返った。

あの男子生徒と、過去の自分が重なる。きっと、彼は絵那のことが好きで好きでたまらないのだろう。自分がそうだったから、年上の女性に憧れる気持ちがよくわかる。

(絵那先生……)

心のなかで呼ぶと、それだけで胸が熱くなる。

憎しみはあるが、それだけではない。心の奥底には別の感情も残っている。怒りはくすぶりつづけているが、恋をした記憶は消えていない。

(くっ……)

自分自身に苛立ちを覚えて、絵那の尻たぶを強くつかむ。指先が柔肌にめりこんで、女体がビクッと反応した。

「い、痛いわ……お、お願い、やさしくして」

絵那が潤んだ瞳で振り返る。視線が重なると胸の奥がキュンッとなり、なおさら苛立ちが大きくなった。

「俺に命令するなっ」

腰をたたきつけて、ペニスを深い場所まで突きこんだ。

「ああッ、は、激しい」

「うるさい、黙れっ」

いったん腰を引くと、さらに勢いよく打ちつける。その衝撃で、尻たぶがパンッと乾いた音を響かせた。

「あぁンッ、そ、そんなにしないで」

絵那が艶めかしい声を漏らして腰をよじる。

怒りをぶつけたのに、絵那の反応は違っていた。明らかに感じて、膣と太幹の隙間からは愛蜜が溢れている。口ではいやがっていても、熟れた身体は確実に反応していた。

（きっと、親父とやったときも……）

頭のなかにいやな想像がひろがる。

それを振り払うように腰を振り、本格的なピストンを開始する。ペニスを力強く出し入れして、膣のなかをかきまわした。

「ああッ、い、いやよ、教室はいやなの」

「まだそんなこと言ってるのか」

聞く耳を持たずに腰を振りつづける。教室での立ちバックだ。絵那はいやがりながらも喘いで、まるで催促するように尻を突き出した。

「感じてるじゃないか。これが好きなんだな」

「そ、そんな、教室ではダメなのに……あああッ」

「いい加減、認めろよ。セックスが好きなんだろ」

憤怒と興奮がまざり合う。大きなうねりとなって、佳正の頭のなかは熱く燃えあがった。

「相手は誰でもいいんだ。チ×ポを突っこまれれば感じるんだ」

「ち、違う。誰でもいいわけでは――」

「それじゃあ、なんでこんなに感じてるんだよっ」

絵那の言葉を遮り、男根を乱暴に突きこんだ。

「あううッ、や、やさしくして……」

「なに言ってるんだ。オマ×コはグショグショだぞ」

怒りが増幅することで、自然とピストンに熱が入る。ペニスを勢いよく出し入れしながら、尻穴に右手の人さし指をあてがった。

「ひいッ、そ、そこは……」

「ここも感じるんだったよな」

絵那の反応を見て、尻穴も性感帯だと確信する。

指先で愛蜜をすくいあげると、肛門にたっぷり塗りつける。そして、再び人さし指を押しつけた。

「な、なにを――あひいッ」

　絵那の声が裏返る。

　硬くすぼまる肛門に、人さし指を埋めこんだのだ。第一関節までだが、反応は凄まじい。指を食いちぎる勢いで締めつけて、同時に膣も収縮した。

「くううッ、こいつはすごい」

「ぬ、抜いて、指……ああっ、いやぁ」

「このまま犯してやるよ……ぬおおおッ」

　唸りながら腰を振る。膣道が狭くなっているため、カリが膣壁をゴリゴリと擦りあげた。

「ひいッ、そ、それダメっ、あひいッ」

　絵那の喘ぎ声が大きくなる。

　夫が遺してくれた大切な学習塾の教室で、立ちバックで犯されているのだ。しかも、肛門にも指を挿入されて、望まない黒い快楽を送りこまれている。絵那の心は激しく乱れているに違いない。それを想像すると、佳正はますます興奮して腰の動きを速くした。

「もっと感じさせてやる、ほらほらっ」

ペニスを力強く出し入れして、膣のなかを擦りあげる。

肛門に指が入っているので、膣道は収縮したままだ。佳正が受ける快感はもちろん、絵那も膣壁をカリでえぐられる刺激が倍増している。

「ああッ、ああッ、も、もうっ、あああッ」

喘ぎ声がどんどん大きくなってくる。絵那もピストンに合わせて、尻を前後に振りはじめる。さらなる快楽を欲しているのは間違いない。

「そんなに喘いで……くううッ」

絶頂の大波が急速に接近している。佳正は欲望にまかせて、ラストスパートの抽送に突入した。

「おおおッ、おおおおッ」

「あああッ、ダ、ダメっ、はあああッ」

絵那も手放しで喘いでいる。教室だというのに尻を突き出して、元教え子のペニスを受け入れているのだ。

ふたりはいつしか呼吸を合わせて腰を振る。佳正のピストンと絵那の尻を突き出すタイミングが一致することで、亀頭が深い場所まで入りこむ。膣の奥の敏感な場所に到達して、締めつけがより強くなった。

「くおおッ、も、もう、出すぞっ」

「ああッ、きょ、教室だから……」

絵那が困惑の声をあげる。教室だと思うと抵抗があるらしい。しかし、膣は快楽を求めて、激しくうねっている。

「おおおッ、いくぞっ」

絶頂がすぐそこまで来ている。佳正は唸りながらペニスをたたきこむと、ついに欲望を解放した。

「ぬおおおおおおおおッ！」

雄叫(おたけ)びをあげて、ザーメンを噴きあげる。

どす黒い快感がひろがり、目の前がどぎつい赤に染まっていく。興奮の嵐が吹き荒れて、凄まじい愉悦が全身にひろがる。根もとまで埋まったペニスが暴れまわり、先端から濃厚な精液を吐き出した。

「ひあああッ、い、いいっ、あああああああッ！」

絵那のよがり声が教室の壁に反響する。

熱い精液を注がれた衝撃で、背中を大きく反らして昇りつめた。膣が思いきり収縮して、ペニスを食いしめている。当然ながら尻穴も締まり、右手の人さし指が引きこまれた。

佳正は睾丸のなかが空になるまで、大量の精液を注ぎこんだ。

ペニスの痙攣が治まっても、すぐには結合を解かない。しばらく挿入したままで、絶頂の余韻を堪能した。

ようやくペニスをゆっくり引き抜くと、膣口はぽっかり開いたままになっていた。一拍置いて、白濁液がドロリと溢れ出す。そして、糸を引きながら床に滴り落ちた。

絵那は脱力して膝を床につき、机に覆いかぶさるような格好になる。頬を机に押し当てて、呼吸をハアハアと乱していた。

言葉を発することはないが、目から涙が溢れている。虚ろな瞳からは、なにも読み取ることができない。いったい、なにを考えているのだろうか。絵那はただ声を押し殺して泣いていた。

(これでいいのか……)

佳正のなかに疑問が生じている。

絵那を嬲ることで興奮すると同時に、胸の奥に微かな痛みを感じていた。これまで気づかない振りをしていたが、そろそろ無視できなくなっている。

どうしても、絵那が悪いとは思えない。

絵那が現れたことで、抑えきれない気持ちが爆発した。しかし、消化しきれない怒りを誰かにぶつけたかっただけではないか。今さらながら、そんな気がしてならなかった。

第四章　許されない交わり

1

塾の教室で強引に抱いてから、何度か逢瀬を重ねていた。

とはいっても、ふたりの関係が発展したわけではない。佳正が一方的に連絡をして、好き勝手にセックスをしているだけだ。

場所はシティホテルかラブホテルだ。

互いの部屋に行くことはない。無理やり抱いているが、最低限守らなければならないラインがある。塾に行ったのはまずかった。今はプライベートの場所には踏みこまないようにしている。

今夜も仕事を終えてから、絵那にメールを送った。

ホテルと時間を記しただけの、素っ気ない内容だ。問題なければ「わかりました」という返信があり、授業があるときは絵那のほうから空いている時間を指定してくる。

今日は午後九時半にシティホテルの部屋で会った。

佳正が部屋で待っていると、やがてノックの音が響いた。ドアを開けると、絵那がうつむき加減に立っていた。

無言で腕をつかんで部屋に引きこみ、いきなり抱きしめて唇を奪う。絵那は抗うそぶりも見せず、されるがままだ。甘い口内をねぶりまわして、蕩けそうな舌を吸いあげる。

「あぁンっ……」

絵那は鼻にかかった声を漏らしながら、佳正の舌を吸い返す。

塾の教室で抱いてから、二週間がすぎていた。絵那は望んで抱かれているわけではないが、かといって抵抗することもない。佳正が愛撫をすると、さりげなく返してくれることもあった。

抱き合ったまま移動して、ベッドに押し倒す。

絵那の身体から服を剝ぎ取り、生まれたままの姿にする。サイドスタンドの明かりが、白い裸体を浮かびあがらせた。

「シャワーを……」

「そんなの、あとでいいですよ」

佳正も服を脱ぎ捨てて裸になる。

そして、再びキスをしながら乳房を揉みあげては、指先で乳首を摘まんで転がす。

した。

「ああっ……」

絵那の唇から喘ぎ声が漏れる。それが恥ずかしいのか、慌てて自分の口を片手で覆い隠した。

肌を重ねるごとに、感度が高まっているようだ。

夫を亡くしてセックスから遠ざかっていたが、佳正と再会したことで女の快楽を思い出した。三十歳の熟れた身体は急速に花開き、佳正の愛撫で反応するようになった。

「今さら我慢しなくてもいいじゃないですか」

乳首を摘まみながら声をかける。

「は、恥ずかしい……はンンっ」

絵那は口もとを覆ったまま、潤んだ瞳でつぶやいた。

喘ぎ声なら何度も聞いている。絶頂する姿も見ているのに、絵那は決して恥じらいを忘れない。だからこそ、よがり声をあげさせたいと思う。我を忘れて感じる姿を見たくなってしまう。

「こんなに乳首を勃たせて、恥ずかしいもなにもないでしょう」

佳正は女体に覆いかぶさり、乳首を口に含んで舐めまわす。舌で唾液を塗りつけては、チュウチュウと吸いあげる。

「あンっ、ダメ……」

相変わらず口では抗うが、本気でいやがっているわけではない。

佳正を押し返すわけでもなく、されるがままになっている。口先だけの抵抗をしながら、少しずつ昂っていくのはいつものことだ。やがて内腿をもじもじ擦り合わせて、せつなげな瞳を佳正に向ける。

「も、もう、許して……」

このセリフが出れば、愛撫だけでは我慢できなくなった証拠だ。

身体が火照って、どうしようもないのだろう。くびれた腰をよじり、無意識のうちに挿入をねだりはじめる。

「仕方ないですね」

佳正は女体に覆いかぶさると、膝の間に腰を割りこませた。

勃起したペニスの先端を陰唇に押し当てる。すでに愛蜜で濡れており、クチュッという湿った音がした。

「あぁンっ」

思わず物欲しげな声が漏れて、絵那は頬をまっ赤に染めあげる。慌てた感じで顔をそむけるが、割れ目からは愛蜜がジクジク溢れていた。

「いきますよ……んっ」

ペニスをゆっくり埋没させる。二枚の陰唇を巻きこみながら、太幹を根もとまで挿入した。

「はああっ、ダ、ダメ……大きい」

絵那が下腹部を波打たせながらつぶやく。

口では「ダメ」と言いながら、膣口は太幹をしっかり締めつけている。膣襞も歓迎するように蠢き、ペニスを奥へ奥へと誘っていた。

佳正は女体をしっかり抱きしめて、腰をゆっくり振りはじめる。首すじに吸いつきながら、男根で膣内をねちねちとかきまわした。

「あンっ……あンっ……」

絵那は遠慮がちな喘ぎ声を漏らしながら、両手を身体の両脇に置いてシーツをつかんだ。

快感を耐える姿が、牡の興奮を煽る。佳正は腰の動きを徐々に速めて、ペニスを出し入れした。カリで膣壁をえぐるような動きを意識すれば、絵那は敏感に反応してガクガクと震え出す。

「もう、イクんですか。今日はずいぶん早いですね」

腰を振りながら耳もとでささやく。耳穴に熱い息を吹きこむと、女体の震えはさらに大きくなった。

「はンンっ、も、もうっ……」

絵那の切羽つまった声に合わせて、ペニスを深い場所に突き挿れる。とたんに身体が仰け反り、膣が思いきり収縮した。

「あああッ、い、いいっ、はあああああッ！」

絶頂のよがり声をあげて、絵那がシーツを強く握りしめる。眉がせつなげに歪み、半開きになった唇の端から透明な涎が溢れた。

「お、俺も……くうううううッ！」

直後に佳正も欲望を解き放つ。女体を抱きしめて、根もとまで埋めこんだペニスを脈動させる。精液がドクンッ、ドクンッと噴きあがり、子宮口を貫く勢いで直撃した。

精液をたっぷり放出して、しばらく絶頂の余韻を味わった。

興奮の波が鎮まると、萎えかけたペニスを引き抜いた。そして、絵那の隣に横たわった。

ふたりの呼吸の音だけが響いている。

絵那はひと言もしゃべらないが、眠っているわけではないだろう。

佳正はサイドスタンドに照らされた天井をじっと見つめている。そして、数日前のことを思い出していた。

あの夜、テレビをぼんやり眺めていると、スマホが鳴った。

画面を確認すると「宮下光代」と表示されていた。恩人である宮下健三郎教授の妻だ。なにかあったのかと思って慌てて電話を取ると、いつもと変わらぬ声でほっとした。

「佳正くん、お元気ですか」

「はい、俺は元気です。膝の具合はいかがですか」

「まあまあね。この年だから仕方ないわ」

光代はそう言って、ほほほと上品な声で笑う。

確か去年、還暦を迎えたので、今年は六十一になるはずだ。膝が痛いと言いながら、毎朝の日課である散歩は欠かしていない。夫を亡くした直後はどうなることかと思ったが、今ではひとりで外出もしている。元気になってくれて本当によかった。

「この間、お友達と南千住（みなみせんじゅ）に行ったの。新しいデパートができたから、お買いものにつき合ってほしいって頼まれて」

「南千住ですか。あんまり行ったことないなぁ」

「わたしも久しぶりだったんだけど、再開発でずいぶん変わったのね」

「へえ、そうなんですか」

話には聞いたことがある。マンションや商業施設が次々と建設されて、住みやすい街になったという。

「お買いものをしたあと、ぶらぶらしていたら、お父さんを見かけたのよ」

一瞬、時間がとまった気がした。

光代の声が遠くに感じて、軽い目眩に襲われる。佳正は即座に返事をすることができずに黙りこんだ。

「足を伸ばして、駅の反対側に行ってみたの。飲み屋さんがたくさんあって、昔ながらの場所なんだけど、俊蔵さんがいたのよ」

「それ、本当に親父でしたか」

ようやく言葉を絞り出す。

突然の目撃情報に動揺してしまう。なにしろ、九年も音信不通だったのだ。生きているのか、死んでいるのかさえも知らなかった。少なくとも、東京にはいないと思っていた。

「人違いってことは……」

「思わず話しかけたら、わたしのことを見て、光代さんって言ったから間違いないわ」

光代の話は具体的だった。

ある飲み屋の前を通りかかったとき、ちょうど俊蔵が出てきたという。思わず声をかけて、ほんの少し立ち話をしたらしい。

「日雇っていうのかしら。そういうお仕事をしているみたい」

光代は慎重に言葉を選ぶようにしながら教えてくれた。

つまり、俊蔵は定職には就かず、日雇労働者をしながら生活しているのだろう。毎日のように飲んだくれているのかもしれない。稼ぎのほとんどは酒代に消えているのではないか。

「伝えるかどうか迷ったんだけど、いちおう佳正くんの耳には入れておくべきだと思ったの」

光代が申しわけなさそうにつぶやいた。

不倫騒動で教授の職を追われて、家庭も崩壊しているのだ。その経緯を知っているだけに、光代も葛藤があったに違いない。

礼を言って電話を切ったが、それから胸がモヤモヤしている。

金輪際、父親とは連絡を取らない。どこでなにをしていようが、知ったことではない。母親の葬式にも現れなかったのだ。どこかで野垂れ死んでも、無視しようと思っていた。

しかし、現状がわかったことで動揺している。

怒りなのか、蔑みなのか、それとも哀れみなのか、自分でも理解できない感情に悩まされていた。

「絵那さん……」

迷ったすえに話しかける。

光代も佳正に伝える前、ずいぶん迷っていたようだ。似たような状況で、光代の心境がよくわかった。

絵那は隣で横たわり、絶頂の余韻にどっぷり浸っていた。それでも、佳正の声になにかを感じたらしく、顔をゆっくりこちらに向けた。

「親父を見かけた人がいるんです」

そう言った直後、絵那は虚ろだった目を見開いた。

「日雇労働者になっているみたいです」

そこまで伝える必要はなかったと思う。

だが、かつての不倫相手が落ちぶれたと聞いて、絵那がどんな反応をするのか見てみたい。そんな意地の悪さから、つい口走ってしまった。

「わたしのせいだわ……」

絵那はぽつりとつぶやき、困ったように視線をそらした。

本当はなにか言ってやるつもりだった。だが、絵那の反応を見て、佳正は言葉を失った。

俊蔵の現状を聞いて、多少なりとも責任を感じているようだ。だからといって未練のような感情は、いっさい見えなかった。

「佳正くん……」

ふいに絵那がつぶやき、佳正の手をそっと握る。

手をつなぐのは、これがはじめてだ。急に胸の鼓動が速くなり、顔がカッと熱くなった。

――いきなり、なんだよ。

そう言ったつもりだが、実際は声が出ていない。手を握られたことで、身動きできなくなっていた。

「わたしも連れていって」

再び絵那がつぶやき、真剣な眼差(まなざ)しで見つめる。しかし、佳正は意味がわからず黙っていた。

「会いに行くんでしょう」

そう言われて、ようやく理解する。絵那は佳正が父親に会いに行くと思っているのだ。

「俺は、別に――」

――会いたいなんて思っていない。会いたいのは絵那さんだろう。

そう言いかけて、言葉を呑みこんだ。

絵那の瞳を見て思う。俊蔵に会いたがっているとは思えない。それより、佳正のことを見ている気がした。

（なんだよ……なんなんだよ）

いったい、なにを考えているのだろうか。

絵那の気持ちがわからない。つないだ手を放すこともできず、手のひらから伝わる熱いものにとまどっていた。

そして、佳正自身も絵那に対する感情が、復讐なのか未練なのか、それとも別のものなのか、わからなくなっていた。

2

次の日曜日、佳正は電車に揺られて南千住に向かっている。

窓から射しこむ午後の日が眩しい。車内はエアコンが効いているが、緊張のためか額に汗が滲んでいた。

——お父さんを見かけたのよ。

光代の言葉を聞いた瞬間、頭のなかがまっ白になった。

さんざん迷ったが、思いきって会うことにした。行方知れずになって九年の間に、どう変わったのか見たかった。

しかし、会ってどうするかは決まっていない。もしかしたら、遠くから顔を見るだけで、いやになって帰るかもしれない。あるいは怒りがこみあげて罵倒（ばとう）するかもしれない。とにかく、暴力だけはいけないと自分に言い聞かせていた。

（でも、どうして……）

佳正は心のなかでつぶやき、隣をチラリと見やった。

なぜかそこには絵那が座っている。もちろん、佳正が誘ったわけではない。絵那がわたしも連れていってと言い出したのだ。

正直、気乗りはしなかった。絵那とふたりで出かけることに抵抗がある。なにより、かつて不倫関係にあった俊蔵と絵那を会わせたくなかった。

――会いになんて行かないよ。

佳正はそう答えた。

嘘をついたわけではない。最初は会うつもりなどなかった。しかし、絵那はめずらしく引かなかった。

――わたしだって当事者よ。会う権利はあると思うの。

そう言われると、確かにそうだ。

絵那は不倫をしたが、俊蔵にあっさり捨てられている。そういった意味では被害者と言えなくもない。絵那の瞳に未練を感じなかったこともあり、落ちぶれた父親を見に行くことにした。

（それにしても……）

佳正はさりげなく隣に視線を向ける。

絵那は睫毛を静かに伏せていた。寝ているわけではないだろう。乱れる心を無理やり落ち着かせているのかもしれない。しかし、本当のところは、絵那本人にしかわからないことだ。

やがて電車は南千住駅のホームに滑りこんだ。

電車を降りて、改札口を抜ける。駅の北側は再開発が進んでマンションが林立しているが、南側は昔ながらの雰囲気が残っている地域だ。

光代が俊蔵に会ったのは南側の飲み屋街らしい。佳正と絵那は言葉を交わすことなく、そちらに向かって歩きはじめる。

まだ駅からそれほど離れていないが、確かに北側とは雰囲気が異なる。歩行者は少なく、どこか昭和っぽさが残っている気がした。飲み屋の看板を確認しながら、ゆっくり歩く。

光代に聞いたのは「泪屋（なみだや）」という店だ。

まずその店が見つかるかどうか。そして、見つかったとしても俊蔵がいるとは限らない。店員に聞けば俊蔵の所在がわかるのか、あるいは常連客のなかに知り合いがいるのかどうか。

俊蔵が飲み屋に入り浸っていれば、すぐに見つかるかもしれない。いずれにせよ、行き当たりばったりの感は否めなかった。

（ここだ……）

駅から十分ほど歩いただろうか。「泪屋」と黒字で書かれたトタンの看板を見つけた。いかにも安酒場といった感じだ。

うしろを歩いていた絵那を振り返る。目が合うと、彼女は覚悟を決めたような表情で静かにうなずいた。

木製の軋（きし）む引き戸を開けて、店内に足を踏み入れる。

お世辞にもきれいとは言えない店だ。床は玉砂利の洗い出し仕上げで、土壁はところどころ剝がれ落ちている。四人がけのテーブルが五つあり、椅子は薄汚れた緑色のビニール張りだ。

テーブルはニッカポッカやジャージ姿の中年男たちで埋まっている。誰もがカップ酒を飲んでおり、肴はピーナツやスルメ、それに魚肉ソーセージなど簡単なものばかりだ。

奥にカウンターがあり、店主らしき年配の男がいるが、目が合っても黙っている。一見の客には冷たいのかもしれない。いずれにしても、佳正たちが場違いなのは確かだ。

店内をあらためて見まわすと、なかほどのテーブルにひとりで座っている男が目についた。

薄汚れたニッカポッカに地下足袋、黒い長袖のTシャツという服装だ。白髪まじりの髪はボサボサで、顔の下半分は無精髭に覆われている。いかにも日雇労働者という風貌だ。

(あの男……)

まさかと思いながら歩み寄る。

男はぼんやりとした表情でカップ酒をちびちび飲んでいた。腹が減っていないのか、それとも金がないのか、テーブルの上につまみはなかった。

佳正がテーブルの横で足をとめると、絵那もうしろで立ちどまる。すると、男が顔をゆっくりあげた。

「親父……」

正面から見た瞬間、確信する。

これが大学教授の成れの果てだ。容姿は大きく変わっていたが、じつの息子にはひと目でわかる。覚悟はできていたつもりでも、実際に落ちぶれた父親の姿を見るのはショックだった。

俊蔵がガラス玉のような目で佳正を見る。すると、ぼんやりして生気のなかった瞳に光が宿った。

「よ、佳正か……」

やけに声が嗄(しわが)れている。

記憶にある威厳に満ちた声ではない。おそらく酒焼けだろう。毎日のように安酒を呷っているに違いない。俊蔵は驚いた顔で佳正の顔を見つめている。信じられないといった感じで、手の甲で何度も目を擦った。

「なにやってんだよ」

佳正は押し殺した声でつぶやいた。

変貌した父親を目にして、怒りと哀れみが同時にこみあげている。どういう態度を取ればいいのかわからない。

「どうして、おまえがここにいるんだ」

俊蔵が嗄れた声で尋ねる。ぽかんとした顔をしており、かつての厳しかった父親の面影はなかった。

「光代さんに聞いたんだよ。会ったんだろ」

佳正が答えると、俊蔵は首をかしげて考える。そして、一拍置いてから大きくうなずいた。

「会ったよ。そうそう、光代さんに会った」

光代に会ったのは、ついこの間のはずだ。それなのに、思い出すまでずいぶん時間がかかった。

酒の飲みすぎの影響なのか、記憶が曖昧になっているようだ。この感じだと、都合の悪いことは忘れているのではないか。話をしても無駄な気がして、佳正はチノパンのポケットに忍ばせていたものを取り出した。

「あんたに渡したいものがある」

銀色に輝く指輪をカップ酒の横にそっと置く。父親に会って話す機会があったら渡すつもりだった。

「これは……」

俊蔵が指輪をまじまじと見つめる。そして、なにかを思い出したように、目を大きく見開いた。

「母さんの結婚指輪だよ。離婚したあとも、死ぬまではずさなかったんだ」

「あ……ああ……」

俊蔵は声にならない声をあげると、震える指で指輪を摘まんだ。

「あんなことがあって、ひどい仕打ちを受けたのに、あんたの恨み言は一度も聞かなかったよ」

胸のうちに激しい怒りが渦巻いている。だが、それより情けない気持ちのほうが強い。

「俺はあんたのことを一生許さない。だけど、母さんがその指輪をはずさなかった理由がわかるか」

急激にこみあげるものがあり、鼻の奥がツーンとなる。いったん言葉を切って気持ちを落ち着かせると、再び口を開いた。

「母さんの葬式にも来ないで、なにをやってたんだ」

自分でも驚くほど低い声になっている。暴走しそうになる気持ちを抑えるのに必死だった。

「そ、それは……」

「まさか、母さんが死んだこと、知らなかったわけじゃないよな」

「知ってたさ。知ってたけど、行けなかったんだ……俺が顔を出したら、母さんがいやがると思って……」

俊蔵が震える声でつぶやく。指輪を摘まんだ手がわなわな震えていた。

「バカ野郎っ」

感情を抑えきれず、つい怒鳴りつけた。

ほかの客と店主がいっせいにこちらを見る。しかし、激情に駆られて、どうしてもとめられなかった。

「母さんは喜ぶに決まってるだろ。母さんはなにも言わなかったけど、本当はあんたが帰ってくるのをずっと……ずっと待ってたんだぞっ」

腹にためこんでいたものを一気に吐き出した。

直接、母親から聞いたわけではない。それでも、見ていれば伝わってくるものがあった。

「す、すまない……すまなかった、摂子……」

俊蔵は指輪を握りしめると頭を垂れる。謝罪の言葉と嗚咽が、泪屋の店内に響きわたった。

泣き崩れる父親の姿を、佳正は黙って見おろしていた。

そして、佳正の背後では、絵那がひと言もしゃべらずに立ちつくしている。この修羅場を目にしても、眉ひとつ動かさない。なにを考えているのか、最後までわからなかった。

3

泪屋を出ると、駅に向かって歩き出す。

佳正の隣には絵那がいる。だが、どちらも口を開かない。先ほどの出来事を思い返しながら、ゆっくり歩を進めた。

南千住の駅につくと、無言で電車に乗りこんだ。

席が埋まっていたので、ふたりはドアの近くに立った。

すでに日が傾きはじめている。徐々にオレンジ色に染まっていく街を、佳正は窓からぼんやり眺めていた。

（泣いてるのか……）

街の景色より、視界の隅に映る絵那が気になった。

こらえきれずに隣を見ると、絵那は下唇をキュッと噛んでいた。なにかをこらえるような表情がひどく悲しげで、放っておけなかった。

「大丈夫ですか」

思わず声をかける。

すると、絵那はこちらにゆっくり顔を向ける。瞳には涙が滲んでおり、今にもこぼれそうになっていた。

「うちに寄って……」

絵那はそう言ったきり黙りこむ。そして、懇願するように佳正の目をじっと見つめた。

これまで互いの部屋に行ったことはない。

佳正が最低限守ってきた自分なりのルールだ。そのラインをこえた瞬間、きっと際限がなくなってしまう。自分自身にブレーキをかける意味でも、絵那の部屋には行かないようにしていた。

だが、絵那の顔を見ていると無下には断れない。だからといって、即座に受け入れることもできなかった。

絵那も自分の場所は守りたいはずだ。その件に関して話したことはないが、勝手にそう思いこんでいた。だから、よけいに困惑してしまう。どうして急に部屋に誘ったのだろうか。

「お願い……」

絵那が小声でつぶやいた。

涙がぽろりとこぼれて、指先で慌てて拭う。そんな姿を見せられたら、うなずくしかなかった。

電車を乗り換えて、最寄りの駅に到着した。

絵那の住んでいるマンションは、駅から五分ほど歩いたところにある五階建てのこぢんまりした建物だ。エレベーターで三階にあがり、廊下を進んだ先にある部屋に案内される。

「狭いところですけど、どうぞ」

絵那はそう言うが、ひとりで住むには充分な広さだ。

ワンフロアに二世帯だけの造りで、絵那の部屋は四畳半のダイニングキッチンと六畳の和室の１ＤＫだ。

和室には小さな仏壇が置いてあり、かすかに線香の匂いが漂っている。物が少なく、仏壇以外は洋服簞笥があるだけだ。ベッドがないので、布団を敷いて寝ているのだろう。

「ずっと、ここに住んでるのですか」

佳正は不思議に思って尋ねた。

あまりにも生活感がない。テレビもパソコンもなければ、新聞や雑誌、本なども見当たらなかった。

「夫が亡くなって、ここに引っ越したの」

絵那はキッチンでやかんを火にかけながらつぶやいた。

「なにもないから驚いたでしょう」

「ええ……」

佳正は返事をしながら、部屋のなかに視線をめぐらせる。

もしかしたら、職場にいる時間のほうが長いのではないか。だから、ほとんど物がないのかもしれない。

「ほとんど寝るために帰ってくるだけなの。部屋でひとりになると、淋しくなっちゃうから」

絵那は微笑を浮かべるが、その言葉に未亡人の悲哀が滲んでいる。

大きな悲しみを背負いながらも懸命に生きているのだろう。そんな絵那のことが、少しだけ眩しく見えた。

（俺は、どうなんだ……）

ずっと過去に囚われたままだった気がする。

父親に会ったことで、少しは前向きになれるのだろうか。変わりたい気持ちはあるが、今はまだ自信がない。

佳正はなにげなく仏壇に視線を向けた。

遺影が置いてあり、爽やかな印象の男性が笑みを浮かべている。亡くなった夫は、なかなかの二枚目だ。

（今でも毎日、線香をあげてるんだな……）

そう思うと胸がせつなくなる。

嫉妬がまったくないと言えば嘘になるが、それより絵那の一途な想いを強く感じていた。

（やっぱり、来なければよかった）

己の心境の変化についていけない。

絵那に同情している自分に気づいて、激しくとまどっている。絵那にどう接すればいいのかわからなくなっていた。

帰ろうとして振り返ったときだった。絵那がお盆に湯飲みをふたつ載せてやってきた。

「お待たせしました」

畳の上にきちんと正座をしてお盆を置いた。

「座布団もないの。ごめんなさい」

お茶を淹れてもらったのに、いきなり帰るわけにもいかない。仕方なく佳正も腰をおろして胡座をかいた。

「これを飲んだら帰ります」

同情していることを悟られたくない。わざと素っ気なく言うと、絵那は悲しげな顔になった。

「そんなに急いで帰らなくても……」

「ここは俺の来る場所じゃないから」

佳正は仏壇にチラリと視線を送る。そして、今度こそ本当に帰るつもりで、立ちあがろうとする。

「わたしのことなんて、覚えてもいなかった……」

そのとき、絵那がぽつりとつぶやいた。

唐突になにを言い出したのだろうか。意味がわからないが、絵那の深刻な表情が気になり、浮かしかけた腰をおろした。

「ごめんなさい……」

脈絡もなく謝られて困惑する。

いったい、なにがあったのだろうか。彼女の言いたいことが、まったくわからない。

「教授、わたしがいたことに気づいていなかったの」

絵那が苦しげに言葉を紡いだ。

どうやら、先ほどの飲み屋でのことを言っているらしい。そういえば、あのとき絵那はずっと黙っていた。俊蔵に気づいてもらえず、ショックを受けていたのかもしれない。

「親父は俺とだけ話していたから、絵那さんの顔を見ていなかっただけじゃないですか」

別に元気づけるつもりはないが、その可能性もあるのではないか。しかし、絵那は首を左右に振って否定した。

「何度か目が合ったの。それなのに、まったく気づかなかったのよ」

「酒を飲んでいたから……」

言いかけて途中でやめる。

なにを言っても慰めにはならない。俊蔵が絵那のことを覚えていなかった事実は変えようがないのだ。

「ごめんなさい……」

またしても絵那が謝罪する。

「さっきから、なにを謝ってるんですか」

「だって、教授にとって……お父さんにとって、わたしは記憶にも残らない存在だったのに、あなたやお母さまを傷つけてしまって、家庭を壊してしまって……本当にごめんなさい」

すべてを言い終わる前に、大粒の涙が溢れ出す。頬を濡らしながら静かに流れて、顎の先端から滴り落ちた。

「え、絵那さん……」

後悔の念が伝わり、佳正の胸も苦しくなった。

絵那は涙をとめられなくなり、まるで子供のように泣きじゃくっている。そんな彼女にどんな言葉をかければいいのだろうか。

「もうひとつ、言わなければいけないことが……」

しばらく泣いていたと思ったら、再び絵那が口を開いた。

「怒らないで最後まで聞いてね」

そう前置きされると構えてしまう。多少なりともショックを受ける話に違いない。いったい、なにを言うつもりだろうか。

「じつはね、あの夜……教授とわたし、最後までしていないの」

「えっ……」

思わず声を漏らしていた。

あの夜とは、九年前に絵那と俊蔵が不倫をしていた夜のことだ。佳正は廊下からリビングをのぞいて、俊蔵の愛撫で絵那が喘いでいるのを目撃した。全裸の絵那が悶える衝撃的な光景は今でもはっきり覚えている。

そのあと、絵那はソファに押し倒された。そして、裸になった俊蔵が正常位の体勢で覆いかぶさった。

――待田くん、挿れるぞ。

——ま、待ってください……ああッ。

ふたりの発した言葉も耳の奥に残っている。

あの瞬間、挿入したのではなかったのか。佳正は最後まで見ていることができず、玄関から外に飛び出した。

「セックスしなかったんですか」

「挿れられそうになって、すごく抵抗したの。教授のことは尊敬していたけど、そういうのとは違ったから、最後までするのは違うと思って」

絵那の言うことが本当なら、あのときはペニスの先端が膣口に触れただけだったのかもしれない。

「でも、教授を押しのけることはできなくて……それでも抵抗していたら、ドアがバタンッて閉まる音が響いたの」

「それって……」

佳正が外に飛び出したときの音ではないか。母親は出かけていたので、ほかには考えられない。

「教授の注意がそれたから、突き放すことができたの。そうしたら、教授も我に返って、すまなかったって……」

当時のショックがよみがえったのか、絵那は苦しげな表情を浮かべる。

佳正にとっても衝撃的な話だった。これまで信じてきたものが、百八十度ひっくりかえる驚愕の真実が明らかになったのだ。

「あの夜、佳正くんがわたしを助けてくれたのよ」

「俺はなにも……」

佳正は心の整理がつかずに口を閉ざした。

間接的には助けたことになるのかもしれないが、偶然の産物でしかない。意識的に助けたわけではなかった。

(俺は、ずっと勘違いを……)

激しい目眩を覚えて、思わず両手を畳についた。

もし立っていたら、間違いなく倒れていただろう。それくらいの激しいショックを受けていた。

「すみませんでした……」

頭を垂れて謝罪する。

自分の勘違いで、絵那のことをずっと責めていた。強引に押し倒して、欲望をぶつけていた。自分にはそれが許されると思いこんでいたのだ。

「どうして、佳正くんが謝るの」

「だって、セックスはしていないんでしょう。そもそも、絵那さんは親父との関係を望んでいたわけではなかったんだ。それなのに、俺は……」

自分で自分がいやになる。

結局のところ、解消することのできない怒りを、どこかにぶつけたかっただけなのかもしれない。そこに絵那が現れて思慕が重なり、憤怒と欲望が暴走してしまった。

「俺は、なんてことを……」

「佳正くんに責任はないわ。わたしが最初にきっぱり拒絶していれば……あなたを傷つけることはなかったのに」

絵那も落ちこんでいる。溢れる涙をとめられず、ついには両手で顔を覆って泣きはじめた。

絵那は加害者だと思っていたが、被害者だったのだ。責められるべきは俊蔵であって、絵那ではなかったのだ。

「そんなに泣かないで……」

なんとか慰めたくて声をかける。

しかし、自分がなにを言っても絵那の心は癒せない。なにしろ、佳正も彼女を傷つけたひとりなのだ。

「俺が言っても意味ないですよね」

佳正は自嘲するようにつぶやき、仏壇に視線を向けた。

絵那を癒せる人がいるとすれば、悔しいけれど、亡くなった旦那だけだ。しかし、それは叶わぬ願いだ。

(俺にできることなんて、なんにもないんだな……)

心のなかでつぶやき、ますます落ちこんだ。

絵那のことが大好きだったのに、結局、傷つけただけだった。やはり、ここに来たのは間違いだったのではないか。

「俺、そろそろ——」

佳正が口を開きかけたとき、絵那が身体をすっと寄せる。両手で頰を挟んだかと思うと、いきなり唇を重ねた。

(な、なにを……)

突然のことに驚き、佳正は反応できない。

柔らかい唇の感触に陶然となり、固まってしまう。すると、絵那の舌が唇の表面に触れて、口内にヌルリッと滑りこんだ。

「ンンっ……」

絵那が鼻にかかった声を漏らしながら、佳正の舌をやさしくからめとる。そのまま粘膜を擦り合わせて、唾液ごと吸いあげた。

積極的なディープキスだ。

なぜか絵那はこれまでになく積極的になっている。どうして、こんなことをしてくれるのか、まったくわからなかった。

4

「絵那さん……どうしたんですか」

唇が離れると、佳正は困惑しながら尋ねる。

絵那は佳正のポロシャツを脱がして、畳の上に仰向けになるようにうながすとチノパンも引きおろした。これで佳正が身につけているのは、ボクサーブリーフだけになった。

「わたしは最低なの……」

絵那は悲しげな顔をしながらブラウスを脱ぎ、さらにスカートとストッキングもおろして下着姿になる。

「な、なにをしてるんですか」

佳正がつぶやくが、絵那はなにも答えない。

両手を背中にまわしてホックをはずすと、純白のブラジャーを取り去り、たっぷりした乳房を惜しげもなく晒す。体育座りの姿勢でパンティも引きさげて、陰毛がうっすらと生えた股間を露にした。

仏壇の前ということを忘れたわけではないだろう。視界に入らないわけがないし、線香の匂いも漂っている。それなのに絵那は生まれたままの姿になり、佳正のボクサーブリーフに指をかけた。

「あなたを傷つけたのに、わたし、あなたを……」

絵那は独りごとのようにつぶやき、最後の一枚を脱がしにかかる。

ボクサーブリーフをゆっくり引きおろすと、すでに硬く屹立したペニスがブルンッと勢いよく跳ねあがった。

ディープキスされたことで、わけがわからないまま勃起した。太幹には血管が浮かびあがり、亀頭もパンパンに張りつめている。先端からは早くも透明な我慢汁が溢れていた。

しかし、今は羞恥よりも疑問が頭のなかにひろがっている。どうして、絵那がこんなことをするのか理解できない。

「俺はひどいことをしたのに、どうして……」

「最初にひどいことをしたのはわたしよ。純粋だった佳正くんを傷つけていたのね。ごめんなさい」

絵那はそう言うと、ボクサーブリーフを足から抜き取った。

そして、佳正の脚の間に入りこんで正座をする。両手をペニスの両脇に添えると、大切なものを扱うように根もとを軽く擦った。そして、前屈みになりながら亀頭に熱い息を吹きかける。

「うっ……ま、待ってください」

「わたしにお詫びをさせて……いいでしょう」

絵那の唇が亀頭に触れる。チュッ、チュッとついばむようなキスをされて、甘い刺激がひろがった。

「んっ……んっ……そ、そんなことしなくても……」

「わたしがしたいの……ダメかな」

唇を亀頭に押しつけたまま、絵那が上目遣いにささやく。

視線が重なると、それだけでゾクゾクするような快感が湧き起こり、亀頭から全身へとひろがった。

「ううっ……ダ、ダメじゃないです」

佳正が呻きまじりにつぶやけば、絵那は目を細めて「ふふっ」と笑う。そして、顔を横に向けると、太幹のサイドに唇を押し当てる。まるでハーモニカを吹くような感じで、ゆっくり滑らせた。

「くううッ」

唇が動くたびに快感が駆け抜ける。

とくに張り出したカリの上を通過するときは、腰がビクンッと反応するのを抑えられない。期待がふくれあがると同時に、鋭い快感がまるで電流のように四肢の先まで走り抜けた。

この快楽には抗えない。瞬く間に疑問を押し流して、ペニスはさらに硬くそそり勃った。

「佳正くんは、ここが感じるのよね」

絵那が吐息まじりにささやき、カリに口づけをくり返す。

これまで何度も身体を重ねており、互いの感じるところはある程度わかっている。やがて絵那は敏感なカリに舌を這わせて、唾液を塗りつけながらぐるりと一周した。

「おおおッ」

たまらず顎が跳ねあがり、体が自然に仰け反った。

そのとき、視界の隅に仏壇が映ってはっとする。遺影も見えて、罪悪感が胸の奥にひろがった。

（さすがに、まずいよな……）

このまま絵那のフェラチオを堪能したいが、申しわけない気持ちになってしまう。なにより、あとで絵那を苦しませたくない。

「え、絵那さん、ここでは……」

己の股間に顔を寄せている絵那に声をかけて、仏壇を目で示した。

絵那はカリに唇を押し当てたまま、睫毛を伏せる。少し考えるような顔をしてから、目をゆっくり開いた。

「いいの……あの人の最後の約束は守ったから」

再び舌を伸ばして、カリの裏側に這わせはじめる。チロチロとやさしく舐められると、腰に小刻みな震えが走り抜けた。

「くうッ……や、約束ってなんですか」

「病床で三回忌までは喪に服してくれって、言っていたの。そのあとは、好きにしていいって……」

絵那は悲しそうな目になるが、それでもペニスに唇を密着させている。

「喪に服すのは三回忌まで……そう言ったんですか」

「そう、三回忌まで。だから、佳正くんは気にしないでね」

まるで癒すように亀頭を舐めながら、絵那がやさしくささやいた。

「で、でも、ここでは……」

「お願い、ここでしたいの」

絵那は頑として引かない。なぜかこの場所にこだわっている気がした。

（どうして……）

佳正がはじめて絵那を抱いたのは、三回忌が終わった直後だ。

つまり夫との最後の約束はギリギリ守れたことになる。それでも、あのような強引な行為は許されることではない。それでも、ほんの少しだけ、心が救われた気がした。

（旦那さんは、きっと……）

神妙な気持ちになり、仏壇に視線を向ける。

夫は死を覚悟していたに違いない。そのうえで絵那と最後の約束を交わしたののではないか。

己の死を悟ったとき、人はどんな心境になるのだろうか。

愛する人と離れる淋しさは当然あると思う。それと同時に、愛する人の今後を憂うのではないか。新たな恋を見つけて新たな人生を歩み、幸せになってほしいと願うのではないか。

（だから、絵那さんは、あえて仏壇の前で……）

なんとなくわかった気がした。

きっと絵那は夫に伝えたいのだと思う。今の自分の姿を見せるために、仏壇の前にこだわっているのではないか。

——最後の約束を守りました。

——あなたを失った悲しみから立ち直ります。

——こんなことができるほど元気になりました。

こうして夫以外の男のペニスを舐めながら、心のなかでそんな言葉をつぶやいている気がした。

「はむンっ……」

絵那が亀頭を口に含んで、唇でカリ首を締めつける。そのまま太幹の表面を滑らせて、根もとまでしっかり呑みこんだ。

「ううっ、い、いきなり、全部……」

甘い痺(しび)れがひろがり、呻き声が溢れ出す。

仏壇の前で未亡人にフェラチオされているのだ。背徳的な気分が興奮を加速させて、我慢汁の量がどっと増えた。

（くッ、や、やばい……）

急激に射精欲が盛りあがり、慌てて全身の筋肉に力をこめる。

なんとか暴発はギリギリのところで免れたが、我慢汁が大量に分泌して、絵那の口にたっぷり注ぎこんでしまった。

「はンンっ」

絵那は驚いた声を漏らすが、唇は決して離さない。

それどころか、頬がぼっこり窪むほどペニスを吸いあげる。すると、尿道にたまっていた我慢汁がジュルルッと吸い出されて、無意識のうちに尻が畳から浮きあがった。

「おおおッ、き、気持ちいいっ」

股間を突き出した格好で口走る。

とてもではないが、黙っていられない。絵那は喉を鳴らして、我慢汁を飲みくだしている。その事実が、ますます牡の欲望を煽り立てた。

「あンっ……はむっ……あふンっ」

さっそく絵那が首を振りはじめる。

柔らかい唇が太幹を擦りあげて、すぐさま快感がふくれあがる。唾液まみれの男根をヌプヌプしゃぶられると、またしても我慢汁が溢れてしまう。射精欲も膨張するが、今度は構えていたので耐えられた。

「ンっ……ンっ……」

絵那は首振りの速度をどんどんあげて、唇で太幹を擦りつづける。同時に舌先で尿道口をチロチロとくすぐった。

「くうウッ、ちょ、ちょっと待ってください」

やはり絵那は感じるところがわかっている。佳正はあっという間に追いこまれて、両手の爪を畳に食いこませた。

（こ、ここでは、いくらなんでも……）

仏壇に視線を走らせると、胸の奥で罪悪感がふくれあがる。

夫の遺影の前で、絵那の口のなかに精液を注ぎこむわけにはいかない。そう思うのだが、想像したことでなおさら射精欲が膨張した。

「ダ、ダメですっ、ううウッ、え、絵那さんっ」

「我慢しなくていいのよ……はむううッ」

佳正が切羽つまった声をあげると、射精が近いと悟ったらしい。絵那は唇を思いきりすぼめて、首振りの速度を一気にあげた。

「ンふッ……はむッ……あふンンッ」

絵那の鼻にかかった色っぽい声に、ジュポッ、ジュポッという唇とペニスの擦れる音が重なった。

「おおおッ、も、もうっ……くおおおおおおッ！」

佳正は唸り声をあげるとともに、股間を思いきり突き出した。それと同時に精液が尿道を駆け抜ける。絵那が吸いあげてくれるから、快感はどこまでも大きくなっていく。

「き、気持ちいいっ、おおおおおおおおッ！」

射精は延々とつづき、絵那は口内に注がれる傍から嚥下する。ペニスを深く咥えて、すべてを飲みほしてくれた。

5

「な、なにを……」

佳正は思わずとまどいの声を漏らした。

フェラチオでたっぷり射精した直後、絵那は休憩することなく佳正の股間にまたがった。

右手はペニスをつかんでおり、萎えることを許さないとばかりにしごきつづけている。ボリュームのある双つの乳房が、目の前でゆっさり揺れる光景に視線を奪われた。

「したいの……いいでしょう」

絵那の瞳はしっとり潤み、股間からは愛蜜が滴り落ちている。

ペニスをしゃぶったことで興奮しているのは間違いない。熟れた女体が逞しい男根を求めて疼いているのだ。

「ほ、本当に、ここでいいんですか」

佳正は仏壇に視線を送った。

「いいの。ここでセックスしたいの」

絵那も仏壇を見て、はっきり欲望を口にする。

夫の遺影の前で、そんなことを言うとは驚きだ。それほどまでに興奮しているのか、それとも三回忌が終わって開放的になってきたのか。とにかく、両方の足の裏を畳につけた状態で、腰をゆっくり落としはじめた。

「うっ……」

ペニスの先端が、彼女の柔らかい部分にクチュッと触れる。

陰唇に密着したのは間違いない。股間に視線を向けると、陰毛がそよぐ恥丘の奥に、サーモンピンクの割れ目がチラリと見えた。

「あぁっ……」

絵那が甘い声を漏らす。

亀頭が熱い粘膜に包まれて、さらに太幹が膣にズブズブと吸いこまれる。双つの乳房が波打つ光景も生々しい。膣のなかは大量の華蜜で潤っており、いとも簡単に根もとまでつながった。

「おおおおッ」

射精直後で敏感になっているペニスを刺激されて、くすぐったさをともなう快感が突き抜けた。

「お、大きい……はああンっ」

絵那の唇が半開きになり、甘ったるい声が溢れる。

尻を完全に落としこみ、両手を佳正の腹についた状態だ。両膝を立てた騎乗位でペニスを完全に呑みこんでいる。股間に彼女の体重が集中しているため、結合はより深まっていた。

（まさか、仏壇の前で……）

佳正は今さらながら罪悪感に襲われて、仏壇から目をそむける。

しかし、ペニスはこれでもかと反り返り、絵那の膣のなかで存在感を示していた。鋭く張り出したカリが、楔（くさび）のように膣壁にめりこんでいる。亀頭は膣道の最深部に到達して、子宮口を圧迫していた。

「あうっ、こ、こんなに奥まで……」

絵那はかすれた声でつぶやき、仏壇に視線を送る。

もしかしたら、彼女も罪悪感に襲われているのかもしれない。それでも興奮しているのは、ペニスを包んでいる膣粘膜のうねりでわかった。

「ああンっ……」

絵那が腰を振りはじめる。

円を描くような動きだ。ねちっこくまわして、膣壁にペニスを擦りつける。カリがさらにめりこみ、ゴリゴリとえぐるような感触が伝わった。

「すごく擦れるの……あああッ」

「くうッ、そ、それ、気持ちいいです」

感じているのは佳正も同じだ。

カリ周辺はもちろん、亀頭の先端も子宮口で摩擦されている。太幹も膣壁に包まれているため、動くたびに快感がひろがった。

ニチュッ、クチュッ——。

湿った蜜音が響いている。

聴覚からも淫らな気分が盛りあがり、ゆったりした腰の動きでも快感がどんどんふくらんでいく。頭の芯まで熱くなって、いつしか呼吸が荒くなっている。無意識のうちに両手を伸ばすと、双つの乳房を揉みあげた。

「あンっ……」

「や、柔らかい……すごく柔らかいです」

まるで熟れたメロンの果肉をつかんでいるようだ。ズブズブと沈みこむ感触が心地よくて、延々と揉んでいたくなる。シルクを思わせる肌の感触も最高で、撫でまわしては指をめりこませた。

「はあンっ……佳正くん」

絵那が淫らな微笑を浮かべて見おろしている。

視線が重なると、それだけで全身の感度があがり、膣のなかで我慢汁が溢れ出す。すると、絵那の腰振りが、円運動から上下動に変化した。

「あっ……あっ……」

スローペースだが、男根が膣から出入りをくり返す。媚肉で擦りあげられることで、大きな快感のうねりが湧き起こった。

「うッ……ううッ……え、絵那さんっ」

慌てて尻たぶを引きしめて、射精欲を抑えこむ。しかし、これをつづけられたら、あっという間に達してしまいそうだ。

「ああッ、すごく擦れて……はああッ」

絵那の腰の動きがどんどん速くなる。

カリが膣壁に食いこんでいるため、より刺激が強いらしい。絵那は快楽に溺れて、夢中になって腰を振る。瞳は膜がかかったようになり、唇の端からは涎が垂れていた。

「そ、そんなに速く動いたら……ううッ」

「ああッ、もう、とまらないの……あああッ」

快感が快感を呼び、瞬く間に昂っていく。

佳正が唸れば絵那も喘ぎ、ふたり同時に絶頂の急坂を昇りはじめる。彼女の腰の動きに合わせて、佳正も股間をグイグイ突きあげた。

「ダ、ダメっ、動いちゃ……あああッ」

絵那の喘ぎ声が大きくなる。

仏壇が近くにあることを忘れているのではないか。それとも、仏壇が目に入っているから、背徳感でなおさら感じてしまうのか。いずれにしても、絶頂が迫っているのは間違いない。

「え、絵那さんっ、おおおおッ、絵那さんっ」

佳正は股間を連続で跳ねあげて、ペニスを真下から力強く打ちこんだ。

「あああッ、は、激しいっ、あああッ」

いよいよ最後の瞬間が迫っている。絵那は艶めかしいよがり泣きを振りまきながら、全力で腰を振りはじめた。

「お、俺、もうっ、くうぅうッ」

この快感を少しでも長引かせたい。懸命に耐えようとするが、快感が次から次へと押し寄せる。とてもではないが我慢できず、ついに股間をつきあげると同時に欲望を放出した。

「え、絵那さんっ、おおおおッ、ぬおおおおおおッ！」

「はあああッ、あ、熱いっ、あああッ、イクッ、イクぅううぅッ！」

精液を注ぎこむと同時に、絵那も絶頂を告げながら昇りつめる。腰をしっかり落として、ペニスを深く呑みこんだ状態だ。裸体を大きく仰け反らして、ビクビクと激しく痙攣した。

しばらく硬直していた絵那が、糸が切れた操り人形のように、佳正の胸板に倒れこんだ。とっさに両手をひろげて抱きとめると、自然と肌が密着して彼女の体温が伝わった。

最高の快楽を共有したことで、心までつながった気がした。そう、そんな気がしただけだった。

6

一週間後――。

絵那に会いたくて、昼休みにメールを送った。

いつもより間が空いたのは、前回会ったときにふたりの距離が縮まったと感じたからだ。がっついていると思われたくなくて、連絡するのを少し我慢した。もしかしたら、恋人になれるかもしれないと夢がひろがっていた。

ところが、いつまで経っても返信がない。

いつも返信が早かったので、この時点でおかしいと思った。なにかいやな予感がして電話をかけたが、いっこうにつながらない。どうやらスマホの電源が入っていないようだ。

仕事を終えると、急いで邁進学習塾に向かった。

雑居ビルの前に到着して、すぐ異変に気がついた。邁進学習塾の看板が書きかえられて、別の名前になっている。

（おかしいぞ……）

いやな予感がさらに大きくなった。

絵那が亡くなった夫から引き継いだ大切な塾だ。よほどのことがなければ、名前を変えるとは思えなかった。

「すみません……」

佳正は塾の事務所を訪ねた。

絵那の姿は見当たらない。そこにいるのは、スーツを着た年配の男性がひとりだけだ。今はちょうど授業中かもしれない。

「内原絵那さんはいらっしゃいますか」

「そういう人はいませんが」

男性は怪訝な顔をする。そして、まるで不審者のように佳正のことをじろじろ見た。

「内原さんは、この塾の経営者です。わたしは古くからの知り合いです」

佳正もむっとして言葉を返す。すると、男性は合点がいったのか大きくうなずいた。

「その方は前の経営者ですね。つい最近、経営が変わったんですよ。業者を通して買い取ったので、直接はお会いしてませんが、確かそんなお名前だったと思います」

寝耳に水とはこのことだ。

いつの間にか、塾は経営者が代わっていた。信じられないことに、絵那は夫の夢だった大切な塾を売却していたのだ。

急に売り払えるはずがないので、ずいぶん前から計画していたのだろう。しかし、そんなそぶりは微塵（みじん）もなかった。予想外の出来事で、なにが起きているのかまったくわからない。

「内原さんがどうしているのか、わかりませんか」

「従業員もすべて代わったからね。ただ小耳に挟んだ話だと、前の方は田舎に帰るとか、なんとか……」

「あ、ありがとうございます」

田舎と聞いて、さらにいやな予感が押し寄せる。慌てて外に飛び出すと、タクシーを拾って絵那のマンションに向かった。

インターホンを鳴らしても返事がない。外から窓を見るが、明かりはついていなかった。再びスマホに電話をかけるがつながらない。そのとき、住民らしき男性が出てきたので、思いきって話しかけた。

「最近、引っ越していった人はいませんか」

「どの部屋かはわからないけど」

男性はそう前置きしてから、二日ほど前に引っ越しのトラックが停まっているのを見たと教えてくれた。

おそらく、絵那が引っ越したのだろう。

塾を売却して、マンションも引き払った。スマホもつながらない。なんの痕跡も残っていなかった。

（ウソだろ……）

夜道をフラフラ歩きながら、心のなかで同じ言葉をくり返した。

絵那はなにも言わずに消えてしまった。距離が縮まったと思ったのは錯覚だったのだろうか。

（いや、確かに……）

最後に抱き合ったときの温もりを覚えている。

あのとき、確かに心がつながったと感じた。すぐには無理でも、少しずつ良好な関係を築いていけると予感した。

（どうして……どうしてだよ）

自分がやったことを考えると仕方ない気もする。

しかし、なにか釈然としない。田舎に帰るにしても、ひと言くらいあってもよかったと思う。それとも自覚がなかっただけで、二度と話もしたくないほど嫌われていたのだろうか。

絵那の顔を思い浮かべると胸が苦しくなって、涙が溢れた。

第五章　泡に溺れて

1

翌週、佳正はボストンバッグひとつを持ってアパートをあとにした。

土日の休日と有給休暇を合わせて、五日間の休みを取った。突然のことで上司は不機嫌になったが、仕事よりも大切なことがある。今回だけは無理を言って休ませてもらった。

そして今、南千住の安酒場「泪屋」の前に立っている。

大切な用事の前に、念のため父親に会いに来た。もしかしたら、なにか情報を持っているかもしれないと思ったのだ。

引き戸を開けて、店内に足を踏み入れる。

さっと見まわすが、俊蔵の姿はない。作業着やニッカポッカの男たちが、場違いな佳正をジロリと見た。

（今日はいないのか……）

最初から期待はしていなかった。

酔っぱらって、どこかで昼寝でもしているのではないか。わざわざ捜すつもりはなかった。

「あんちゃん……」

出ていこうとしたとき、背後から声をかけられた。

振り返ると、近くの椅子に座っている老人が右手をあげている。膝に穴の空いたジャージを着ており、髪も髭も伸び放題だ。カップ酒を飲んでおり、目つきがやけに悪い。あまりかかわりたくないタイプだ。

「トシさんの息子さんだろ」

無視しようと思ったが、そう言われて立ちどまる。

トシさんとは、おそらく俊蔵のことだ。この老人は父親の知り合いらしい。そういえば、先日もカップ酒を飲んでいた気がする。

「親父、今日はいないんですね」

「トシさんなら働き口を見つけて新潟に行ったよ」

老人が複雑そうな表情を浮かべてつぶやいた。

「泪屋を卒業しちまった。淋しくなったよ」

「仕方ねえだろ。トシのやつは正社員になって港で働くんだぜ。応援してやろうじゃねえか」

　誰かが声をかけると、老人はむっとした顔をする。

「うるせえ。そんなことは、わかってるよ。ただ淋しくなったって話をしただけ
だろうが」

　どうやら、俊蔵は新潟で職を見つけたらしい。そして、この泪屋で慕われてい
たらしいこともわかった。

「大将、あれ出してくれ」

　老人が声をかけると、店員がカウンターの下からなにかを取り出した。それを
老人が受け取り、さらに佳正に手渡した。

「もし、あんちゃんが来たら、こいつを渡してくれって、トシさんに頼まれてた
んだ」

「親父が、これを……」

　それは古びたアルバムだった。

　昔、まだ家族が仲よかったころ、何度か見た覚えたある。リビングに置いてあ

ったので、たまに眺めていた。

父親がアルバムを持ち出していたとは意外だった。

パラパラめくってみると、佳正が生まれて成長していく過程の写真が収められていた。母親に抱かれている写真や、父親に肩車されている写真、リトルリーグで打席に立っている写真もある。

(懐かしいな……)

さらにページをめくっていくと、最後の一枚がなくなっていた。確か、正月に家族三人で撮った写真だ。

(もしかしたら……)

俊蔵が新潟に持っていったのではないか。本当のところはわからないが、きっとそうだと信じたい。

じつは、母親の結婚指輪を渡すときに気づいたことがある。

父親の薬指に、同じ指輪がはまっていた。金がないなら売ることもできたはずだ。そこそこの値がついたのではないか。だが、手放さなかった。きっと俊蔵にとっては大切なものだったに違いない。

「トシさん、酔っぱらうと、そいつを眺めてよく泣いていたよ」

老人はカップ酒を飲みほすと、小さなため息を漏らした。

(親父、なにやってんだよ……)

心のなかでつぶやき、胸の奥が熱くなった。

泣くほど後悔するなら、愚かなことをしなければいい。だが、大切だったことが当たり前になると、いつしか蔑ろにしてしまう。人は忘れてしまう生きものなのだろう。

「ありがとうございます。これ、大切にします」

佳正はアルバムをボストンバッグにしまった。

「酒、ください」

店員からカップ酒を受け取ると、テーブルにそっと置いた。

「おっ、悪いね。いただくよ」

老人はただでさえ皺だらけの顔をクシャクシャにして笑った。

「あんちゃん、旅行かい」

さっそくカップ酒に口をつけるとご機嫌になり、ボストンバッグを顎でしゃくって尋ねる。

「今から、大事なひとを迎えに行くんです」

佳正は迷いなく、きっぱり言いきった。

「ほう、やるねえ」

老人は驚いたように目をまるくする。

佳正は頭を深々とさげて、泪屋をあとにした。

外に出ると日射しが眩しかった。雲ひとつない青空がひろがっている。駅に向から足取りは軽い。

彼女に会ったら伝えたいことがある。

うまく言葉にできるかわからない。でも、この熱く滾る想いは、誰にも負けない自信があった。

2

佳正は車窓を流れる景色を眺めていた。

心に浮かんでいるのは絵那のことだ。いったい、どこに行ってしまったのだろうか。

大切にしていた塾を売却して、マンションも引き払っていた。すでに東京にはいないと考えたほうがいいだろう。

もしかしたら、絵那は父親に会ってから姿を消したかもしれない。それなら俊蔵が絵那の行き先を知っているのではないか。そう思って洎屋に立ち寄った。しかし、当の父親が東京を離れていた。

俊蔵は心を入れかえて、新たな一歩を踏み出したのかもしれない。もし、そうだとしたら、いつの日か再会するときが来るだろう。

絵那の情報は得られなかった。

塾の売買を仲介した業者を探し出して尋ねたが、今、絵那がどうしているかは知らないという。念のため光代にも聞いたが、絵那とはつながりがなかった。なにもわからず途方に暮れた。

唯一の情報は、田舎に帰るらしいという、あやふやなものだけだ。

そのことを塾の新しい経営者に伝えた人物は特定できなかった。情報が正しいかどうかはわからない。仮に正しかったとしても、絵那の実家がどこにあるのか知らなかった。

だが、なにもわからない以上、田舎に帰ったという情報を信じるしかない。あきらめるという選択肢はなかった。

なにかヒントはないかと、絵那との会話を懸命に思い出した。

絵那が家庭教師だったときの雑談を覚えていた。昔、湖の近くに住んでいたという。富士五湖のひとつだと言っていたが、どこなのかわからない。ただ、いちばん小さな湖だと言っていた気がする。

早朝の人が少ない時間に、湖畔を散歩するのが好きだったという。そして、湖ごしに見える富士山が美しかったとも言っていた。絵那が懐かしげに語っていたのが印象的で、記憶に残っていた。

調べると、富士五湖でいちばん小さい湖は精進湖だ。

絵那の実家は精進湖に歩いて行ける場所にあるのではないか。さらに湖ごしに富士山が見えたのだから、精進湖の北西ということになる。

その情報だけが頼みの綱だ。

絵那が以前、精進湖の近くに住んでいたとしても、今もそこに実家があるかどうかはわからない。

そもそも幼少期、一カ所に住んでいたとは限らない。引っ越しが多かったとしたら、どこを田舎と呼ぶのだろうか。絵那にとっては別の場所が田舎かもしれない。

それでも、絵那に会いたいという一心で精進湖に向かっている。

ほとんど勘でしかない。無駄足になるかもしれない。だが、わずかな情報を寄り集めて、そこに賭けるしかなかった。

河口湖駅で電車を降りるとバスに乗り換える。三十分ほど揺られて、精進湖の北西にあるバス停で下車した。

気持ちがはやり、まっすぐ湖畔に向かう。すると、精進湖の向こうに富士山がアップで見えた。よく取りあげられる景色だが、生で見ると心に響くものがまったく違う。

澄んだ湖と雄大な富士山を同時に拝むことができる。夏なので富士山が雪をかぶっていないのが残念だが、それでも絶景と呼ぶにふさわしい光景だ。

（きっとここだ……）

確信に満ちた思いがこみあげる。

絵那は子供のころ、この景色を眺めて育ったに違いない。きっと心に刻みこまれているはずだ。東京でいろいろなことがあり、癒されたいと願ったとき、ここに戻りたくなるのではないか。

絵那が近くにいるかもしれない。湖畔にいる観光客たちの顔を確認するが、このなかにはいなかった。

（絵那さん、どこにいるんだ）

会いたい。会いたくてたまらない。絵那のことを考えるだけで、胸がせつなく締めつけられた。

予約を入れていた宿に向かう。

湖畔から徒歩で五分ほどの距離だ。夏休みに入っていることもあり、小さな民宿しか空きがなかった。しかし、佳正は観光で訪れたわけではない。寝ることさえできれば、どんな宿でも構わなかった。

予想どおり、宿は古くて狭かった。

だが、それはたいした問題ではない。とにかく、五日の休みの間に絵那を見つけなければならない。それができなければ一生後悔する。そう思って精進湖にやってきた。

部屋に荷物を置くと、再び湖畔に向かった。

カップルが湖ごしの富士山をバックに写真を撮っている。スマホを自撮り棒にセットして、楽しげに頬を寄せ合っていた。

（俺も、絵那さんと……）

あんなふうに写真を撮ってみたい。うらやましくて見ていられず、視線をすっとそらした。

絵那の写真は一枚も持っていなかった。顔も身体も詳細に思い出せるが、写真があれば人に見せて捜すこともできた。そう考えると、一枚くらい撮っておけばよかったと思う。

小一時間ほど湖畔をぶらつき、宿に戻った。

食事を摂り、風呂に入って床につく。本番は明日からだ。絵那は早朝、湖畔を散歩すると言っていた。それは昔の話だが、習慣になっていたのなら、今でも同じように散歩するのではないか。

そう信じて、まずは朝から湖畔に向かうつもりだ。スマホのタイマーをセットすると、早々に目を閉じた。

翌朝五時、タイマーが鳴る前に目が覚めた。

すぐに着がえると湖畔に向かう。夏とはいえ、早朝は意外と涼しい。朝の澄んだ空気のなか、三脚を立てて写真と撮っている人たちがいた。

さっと見まわすが、絵那の姿はない。しかし、これから現れる可能性もあるので、しばらく待つことにする。

湖ごしの富士山に視線を向ける。

朝日に照らされた富士山は幻想的だ。湖面には朝靄（あさもや）が漂っており、思わず見惚れる光景だ。やがて朝靄が流れていくと、そこに富士山が映りこんでいた。逆さ富士と呼ばれる景色だ。

（すごいな……）

思わず湖畔に立ちつくす。

絵那はこれを見て育ったのだと思うと感慨深い。少しでも近づきたくて、記憶に刻みつけるように眺めつづけた。

いったん朝食を摂るため宿へ戻り、再び湖畔にやってきた。

観光客が増えはじめている。こうなってくると、地元の人たちは来ないのではないか。それでも、わずかな可能性に賭けて待ちつづけた。

湖畔をぶらぶらしたり、ときには腰をおろして富士山を眺めたりしながら、現れる人たちを確認した。

気づくと西の空がうっすらとオレンジ色に染まっていた。

一日中、湖畔にいたが、絵那は現れなかった。仕方なく宿に戻る。明日、出直すしかない。

翌朝は四時半に起床して湖畔に向かった。

しかし、絵那には会えない。朝食で宿に戻ったとき、待田という人を知らないか尋ねた。待田は絵那の旧姓だ。しかし、聞いたことはないという。そのあと近所の商店などでも尋ねたが、結果は同じだった。

やはり湖畔で待つしかないのだろうか。再び湖畔に向かうが、結局、この日も会うことはできなかった。

翌日も収穫はなく、疲れきって宿に戻った。

夕飯を食べて風呂に入り、タイマーをセットして横になる。しかし、なかなか眠ることができなかった。

あと一日しかない。明日の夕方には東京に戻る予定だ。このまま手がかりをつかめないまま、帰ることになるのだろうか。

（本当に精進湖で合ってるのか……）

不安が頭をもたげている。

湖を間違っていたら元も子もない。まったく無駄なことをしているかもしれないと思うと、全身から力が抜けそうになる。

しかし、わかっている情報を総合的に考えて精進湖に行きついた。それを信じて、明日も湖畔に向かうしかない。

最終日の早朝、佳正は精進湖の湖畔に立っていた。

いつもは写真を撮っている人たちがいるのに、今朝はなぜか誰もいない。ただの偶然だと思うが、湖畔にいるのは佳正ひとりだけだ。

朝靄が立ちこめており、今朝はとくに静謐(せいひつ)な空気が漂っている。朝日に照らされた富士山はこれまで以上に美しい。

（絵那さんに会わせてください……）

こころのなかで強く願った。

そのとき、背後で微かな足音が聞こえた。ゆっくり振り返ると、そこにはひとりの女性が立っていた。白いノースリーブのワンピースに白いサンダルを履いている。

「えっ……」

視線が重なり、女性が小さな声を漏らす。目を大きく見開き、佳正の顔を見つめていた。

天に願いが届いたのかもしれない。

奇跡が起きた。そこにいるのは絵那に間違いない。恋い焦がれた女性が目の前に現れたのだ。湖よりも、富士山よりも美しく輝いている。胸に熱いものを感じながら、ゆっくり歩み寄った。

「どうして……」

絵那がぽつりとつぶやいた。

驚きのあまり、言葉がつづかないらしい。佳正の顔を見つめたまま、立ちつくしていた。

「迎えに来ました」

佳正は昂る気持ちを抑えて、穏やかな声で語りかける。

もし会えたら、最初にどんな言葉をかけるかいろいろ考えていた。しかし、実際に会うと、一瞬ですべてが吹き飛んだ。

「俺とつき合ってください」

自然と口から出たのはシンプルな言葉だった。

気取ったセリフは似合わない。高校時代から想いつづけていた。その気持ちを短い言葉に乗せてストレートに伝える。

「よ、佳正くん……」

絵那の瞳がみるみる潤んで、涙がポロポロと溢れ出した。

「わたしでいいの」

「絵那さんじゃないとダメなんです」

佳正は力強く言いきった。

その言葉に迷いはない。熱い想いを伝えたくて、会える保証もないのに東京からやってきた。いろいろなことがあったが、気持ちは高校生のときから変わっていなかった。

「うれしい……よろしくお願いします」

絵那は涙を流しながら微笑んだ。

日本一の山の前で、日本一の笑顔が輝いている。佳正も涙ぐみながら、絵那の両手をそっと握った。

「ありがとうございます。俺、絵那さんのこと大切にします」

真摯に語りかけると、絵那はこっくりうなずいた。

愛しい人を抱き寄せる。絵那も両手を背中にまわしてくれる。こうして抱き合うだけで、心がほっこり温かくなった。

一生、大切にしようと心に誓う。

きっと父親も最初はそう思っていたのだろう。どこでどう歯車が狂ったのかはわからない。とにかく、人生には波があるということを学んだ。

佳正と絵那は、ようやくスタート地点についたところだ。迷って悩んで、それでも一歩ずつふたりで歩んでいけたらと思う。

見つめ合うと、どちらからともなく唇を重ねる。

これほど熱くて甘い口づけを経験したことはない。舌を深くからめて吸い合えば、身も心もひとつに溶けていく気がした。

3

玄関のドアを開けるときは、いまだにドキドキする。

そして、味噌汁の香りでほっとする。誰かが待っている生活になかなかなれない。会社からの帰り道、幸せすぎて怖くなり、すべてが幻想だったらどうしようと思ってしまう。

庖丁でまな板をたたく音を聞きながら、革靴を脱いでリビングに向かう。すると、対面キッチンごしに絵那が笑顔で迎えてくれる。

「おかえりなさい」

そのひと言で一日の疲れが吹き飛ぶから不思議だ。

絵那は白いブラウスの袖をまくり、その上に胸当てのある赤いエプロンをつけている。ただでさえ美しい絵那がそんな格好で迎えてくれるのだから、元気が出ないわけがなかった。

「ただいま」

佳正もすかさず笑顔で返す。見つめ合うと、さらに幸せな気持ちが胸いっぱいにひろがった。

精進湖で再会してから一カ月半が経っていた。

ふたりで住める1LDKの賃貸マンションを探して、先週からいよいよ同棲生活がはじまった。

絵那も仕事をする予定で探しているところだ。

とりあえずは、ふたりきりの生活を楽しみたい。仕事をはじめるのは、もう少し先でもいいのではないかと思っている。とにかく、今は愛する人といっしょにいられることに幸せを感じていた。

「今日も暑かったでしょう。スーパーにお買いものに行っただけでも、汗だくになってしまったわ」

絵那がそう言って、味噌汁の鍋をかきまぜる。

九月に入っているが、まだまだ暑い日がつづいている。夜は多少過ごしやすくなったが、日中の日射しは強烈だ。

「外まわりのときは、俺も汗だくですよ」

「まだ準備に時間がかかるから、先にシャワーを浴びてきたら」

「うん、そうしようかな」

絵那に言われて脱衣所に向かう。

体がベタついているので、早く流したかった。すっきりしてからのほうが、食事もおいしくなるだろう。それに明日は休みなので、今夜はセックスできるかもしれない。一秒でも早くベッドインしたかった。

服を脱いでバスルームに入る。

カランをまわして、まずはシャワーで全身の汗をさっと流す。さらに頭から浴びて湯をとめると、シャンプーで髪を洗う。泡が目に入りそうになり、顔をうつむかせる。

そのとき、背後でドアを開閉する音がした。

「あれ……どうしたんですか」

泡が顔に垂れてきたので目は開けられない。佳正は顔をうつむかせたままで尋ねた。

「流してあげようと思って」

絵那のやさしげな声が聞こえる。

これまでいっしょにシャワーを浴びたことなどない。いきなり、どうしたというのだろうか。

「だって、明日はお休みでしょう。だから、ちょっとくらいサービスしちゃおうかな」

絵那はなにやら楽しげだ。笑っている顔が脳裏に浮かび、佳正も楽しくなってきた。

「もしかして、裸なんですか」

期待をこめて質問する。裸であってほしいという願いがこもっていた。

「服を着ていたら、濡れちゃうでしょう」

「そ、そうですよね」

絵那の口から濡れるという言葉が紡がれると、妙に色っぽく聞こえる。この状況のせいか、ほかのことを想像してしまう。

「背中を洗ってあげる」

「ちょっと待ってください。シャンプーを流しちゃうんで」

このままだと絵那の裸体を拝めない。慌ててカランに手を伸ばすが、背後から手首をつかまれた。

「まだ洗っている途中でしょう。ちゃんと洗わないとダメよ」

「えっ、でも……」

「佳正くんは髪を洗ってね。体はわたしにまかせて」

絵那はそう言うと、ボディソープのポンプを押したらしい。粘度の高い液体がプチュッと出る音が聞こえた。それを手のひらで泡立てて、佳正の背中をそっと撫でる。

「うっ……」

ヌルリとした感触に思わず声が漏れた。

「くすぐったいかな」

「だ、大丈夫です」

「きれいにしてあげる」

絵那はそう言いながら、肩胛骨(けんこうこつ)のあたりを手のひらで撫でまわす。円を描くように両手を動かして、ボディソープの泡を塗り伸ばしていく。

「ううっ……ちょ、ちょっと、くすぐったいかも」

目を開けられないせいか、ふだんより敏感になっている。泡でヌルヌル滑る感触を意識して、胸の鼓動が速くなった。

「でも、汗をたくさんかいたでしょう。少し我慢してね」

絵那は背中全体を撫でて泡だらけにすると、脇腹に指を伸ばす。そして、下から上に向かって、ゆっくり滑らせていく。

「くうッ……」

くすぐったさが大きくなり、思わず肩に力が入る。しかし、絵那は構うことなく、腋(わき)の下に指を潜りこませた。

「ひうッ、そ、そこは……」

「ここは蒸れるから、ちゃんと洗わないとね」

そんなことを言いながら、脇毛と腋窩(えきか)を執拗に撫でまわす。ゾクゾクするような感覚がひろがり、佳正はたまらず腰をよじった。

「ひううッ、も、もう大丈夫ですっ」

「もっと洗ってあげようと思ったのに……」

懸命に訴えると、絵那はつまらなそうに指を腋の下から引き抜いた。

「もう一カ所、蒸れるところがあるのよね」

再び絵那の声が聞こえる。

耳もとに熱い吐息を感じて、それと同時に柔らかいものが背中に触れるのがわかった。

（これって、もしかして……）

無意識のうちに背中に神経を集中する。

乳房が触れたに違いない。プニュッという柔らかい感触があり、その直後にヌルリッと滑る。乳房がひしゃげて、ボディソープの泡で滑ったのだろう。想像するだけでテンションがあがり、目を開けたい衝動に駆られた。

「手がとまってるわよ。髪を洗わないとダメでしょう」

絵那に指摘されて、慌てて髪を洗いはじめる。

すると、絵那の両手が前にまわりこむ。臍のあたりを撫でたと思ったら、ゆっくりさがり、すでに勃起しているペニスの両脇に到達した。

「ううっ……」

「こういうところも蒸れるのよね」

絵那は耳もとでささやきながら、陰囊のつけ根に細い指を這わせる。泡が付着しているので、内腿と陰囊の隙間にヌルンッと簡単に入りこんだ。

「くうッ、そ、そんなことされたら……」

「洗っているだけよ。どうかしたの」

どこか楽しげな声になっている。

わざときわどい部分を撫でているのは明らかだ。そうやって佳正をからかっているに違いない。

「うっ……ううっ……」

指が滑るたびに声が漏れてしまう。背中に触れている乳房もヌルヌル蠢いており、欲望がどんどん盛りあがっていく。

「え、絵那さん……」

「わかってるわよ。もっと洗ってほしいところがあるんでしょう」

絵那の右手の指が、すでに勃起しているペニスに巻きついた。さらに左手が陰囊をやさしく包みこんだ。

ボディソープの泡を全体にまぶされて、竿をやさしく擦りあげられる。同時に陰囊を揉まれると、じっとしていられないほどの快感がひろがり、膝がガクガクと震えはじめた。

「ううッ……」

「そんなに震えてどうしたの」

絵那はわかっているのに耳もとで尋ねる。さらに耳たぶを口に含んで甘噛みをはじめた。

「くううッ、そ、そんなにされたら……」

「そんなにされたら、どうなるの」

耳もとでのささやきが追い打ちをかける。

これ以上は我慢できない。佳正は立った状態で両足を踏ん張り、ついに精液を噴きあげた。

「で、出ますっ、くおおおおッ！」

目を閉じて視界を遮断しているため、ほかの感覚が鋭敏になっている。そのせいもあり、あっという間に達してしまった。

「ああっ、ビクビクしてるわ」

「おおおッ、おおおおおッ！」

自分の声がバスルームの壁に反響する。

これまで経験したことのない感覚だ。全身が激しく震えて、ペニスの先端から精液がほとばしる。両目を強く閉じた状態でも、大量のザーメンが尿道を駆け抜けて噴き出すのがわかった。

4

「あンっ、すごい……」

絵那の声が聞こえる。

その声がやけに艶めいており、表情を確認したくてたまらない。しかし、髪を洗っている最中なので、見ることができないのがもどかしい。

絵那の乱れた息づかいが耳もとで聞こえる。脈動するペニスをねちねちしごいて放そうとしない。絶頂の快感が理性を麻痺(まひ)させている。顔面にシャンプーの泡が垂れているが、我慢できずに目を開いて振り返った。

「ああっ、佳正くん……」

やはり絵那の表情は蕩けている。

瞳はねっとり潤んで、桜色の唇は半開きだ。ハアハアと呼吸を乱しており、興奮を隠しきれなくなっていた。

「イテテっ……」

シャンプーが目に入り、すぐに開けていられなくなる。強く閉じて呻くと、絵那がシャワーを出してくれた。

「なにやってるの。染みるに決まってるでしょう」

「どうしても、絵那さんの顔が見たくて」

頭と顔に付着したシャンプーを流しながら答える。目も洗い流すと、痛みが消えて開けられるようになった。

「絵那さんも流しますよ」

裸体にシャワーを浴びせて、ボディソープを洗い流す。すると、ヴィーナスを思わせる白い裸体が露になった。

(おおっ……)

何度も見ているはずなのに、バスルームのせいか新鮮に感じる。思わず凝視すると、絵那は両腕で自分の身体を抱きしめた。

「恥ずかしい……」

頬を赤らめて小声でつぶやく。そんな絵那の姿が、ますます佳正のなかの牡を奮い立たせる。

「隠したらダメですよ」

「でも……」

「お願いします」

両手を顔の前で合わせて懇願すると、絵那は恥じらいながらも両手を身体からゆっくり離していく。

「もう……本当に恥ずかしいのよ」

実際、耳まで真っ赤に染まっている。それでも、絵那は佳正の願いを聞き入れて、熟れた裸体を晒してくれた。

「ああっ、視線が熱いわ」

喘ぎまじりに絵那がつぶやく。バスルームの照明を浴びた女体は、神々しいまでに輝いていた。

たっぷりした乳房に淡いピンク色の乳首、くびれた腰に脂の乗った尻、恥丘にそよぐ陰毛は薄くて縦溝が透けている。絵那の裸体は匂い立つようで、牡の欲望を刺激してやまない。

「絵那さん、きれいです」

まじまじと見つめて語りかける。

「そんなに近くから見ないで……」

「すごくきれいだから、近くで見たいんです」

佳正は真剣な表情で乳房に顔を寄せた。

染みひとつないシルクのような肌と、淡いピンク色の乳輪の境目をアップで観察する。微妙なグラデーションがかかっており、乳輪部分は厚みがあり、肌質も少し硬そうだ。乳首もピンッと隆起している。佳正の背中に擦りつけたことで、充血して盛りあがっていた。

「そんなに見ても、おもしろくないでしょう」

「絵那さんの身体はいくら見ても飽きないんです」

佳正は鼻息を荒らげながらも真剣に答える。

見ているだけだと焦れてくるが、これも前戯のうちだ。こうして気分を高めてからつながれば、さらに燃えあがるに違いない。

「まじめな顔してるけど、すごく硬くなってるじゃない」

絵那の視線が佳正に股間に向いた。

射精したばかりだが、ペニスは萎えることを忘れたように勃起したままだ。見事な女体を観察したことで、欲望はますますふくれあがっている。絵那とひとつになりたくて、収まりがつかなくなっていた。

「今度は俺が洗ってあげますよ」

すぐに挿入したいところだが、せっかくのバスルームだ。いつもとは違うことをしたかった。

ボディソープを手のひらに取り、よく泡立てる。そして、その手を双つの乳房にそっと重ねた。

「あンっ……おっぱいに触りたいだけでしょう」

絵那が甘くにらみつける。

もちろん、本気で怒っているわけではない。彼女は彼女で、この戯れを楽しんでいる。その証拠に、軽く触れただけだというのに、乳首は敏感に反応してますますとがり勃った。

「絵那さんのおっぱいは大きいから、下の陰になったところとか、汗がたまるんじゃないですか」

佳正はそう言いながら、手のひらを乳房の下側へと滑らせる。そして、柔肉のつけ根部分をやさしく撫でた。

「はンっ、自分で洗えるから……」

「遠慮しないでください。俺もやってもらったんですから」

乳房の下部をねっとり撫でて泡まみれにする。そして、再び手のひらで乳房全体を包みこむと、乳首を刺激するように滑らせた。

「あっ……あっ……」

絵那は小さな声を漏らすだけで咎めない。快感に流されはじめたのか、眉をせつなげに歪めて、内腿をもじもじ擦り合わせた。

(感じてるんだな……)

愛撫に反応してくれるから、佳正の欲望もふくれあがる。今度は手のひらを腋の下に滑りこませた。

「そ、そこはダメ……」

絵那がつぶやくが、途中でやめる気はない。

無駄毛の処理が完璧なので、指先がなめらかに動かせる。柔らかい皮膚の表面を撫でまわして、くすぐったさをともなう刺激を送りこんだ。

「ひンっ、わ、腋の下、弱いの……ひンンっ」

肩をすくめて身をよじる。そんな絵那の姿を目にして、ペニスがさらに硬さを増してくる。これ以上は我慢できなかった。

「絵那さん、俺、もう……」

「挿れたいのね……」

絵那が胸を喘がせながらつぶやく。そして、ほっそりした指を太幹に巻きつけて軽くしごいた。

「ううっ……」

「硬い……すごく硬い」

「そこに手をついて、お尻を突き出してください」

浴槽の縁を指さすと、絵那はためらいながらも従ってくれる。

腰を九十度近くに折って前屈みになり、両手で浴槽の縁をつかむ。尻を後方に突き出した恥ずかしい格好だ。それでも体勢を崩さないところを見ると、絵那も欲情しているに違いない。

「こ、これでいいの……」

「ええ、それでいいですよ」

佳正は背後に立つと、臀裂の奥の陰唇をのぞきこむ。やはり大量の華蜜で濡れそぼっていた。

（やっぱり、絵那さんも興奮してるんだ……）

それがわかると気が変わった。

すぐに挿入するつもりだったが、もう少し時間をかけたほうがさらに燃えあがるはずだ。まずは亀頭の先端を陰唇の合わせ目に押し当てると、挿入することなく上下にゆっくり擦った。

「あぁっ……」

軽い刺激だが、絵那は甘い声をあげて腰をよじる。それと同時に割れ目から透明な汁がどっと溢れた。

「な、なにしてるの……」

「こうすると、すごく濡れるんですよ」

さらに亀頭を動かせば、愛蜜が弾けて卑猥な音が響きわたる。

焦れるような快感がひろがり、我慢汁が溢れ出す。膣口からも大量の愛蜜が分泌されている。気分が最高潮に高まったところで、ペニスの先端をほんの数ミリだけ沈みこませた。

「あああッ」

絵那の唇から喘ぎ声が漏れて、尻たぶがブルブル震える。

それでも、まだ奥まで挿入しない。佳正は理性の力を総動員して、突きこみたいのをグッとこらえた。

（ま、まだまだ……）

心のなかで自分に言い聞かせると、奥歯が砕けそうなほど食いしばる。

この状況で挿入しないのは、超人的な精神力が必要だ。しかし、あとに大きな悦び（よろこ）が待っている。これまでの経験上、前戯に時間をかければかけるほど、絶頂の波が大きくなることを知っていた。

亀頭の先端だけを挿れた状態で、腰をゆったりまわす。そうすることで膣の浅瀬をかきまぜて、焦れるような快感を送りこんだ。

「ああッ、そ、そんな……」

絵那が不満げにつぶやいて振り返る。

どうやら、我慢できなくなってきたらしい。尻たぶの震えが大きくなり、腰も左右にくねりはじめる。愛蜜の量が増えたことで、湿った音のボリュームがアップした。

「よ、佳正くん……」

「どうしたんですか」

佳正も限界だが、懸命に平静を装いつづける。

腰をゆったりまわすことで膣の浅瀬だけを刺激して、さらに両手を前にまわして乳首をキュッと摘まみあげた。

「ああぁッ、も、もうっ……」

「どうしたいのか、教えてください」

「い、いじわるしないで……」

絵那は涙目になってつぶやく。だが、いじわるをしているわけではなく、最高の快楽を得るための準備だ。

「は、早く……い、挿れて……」

「なにをどこに挿れるんですか」

「ああっ、言わせるつもりなのね……」

絵那は眉を八の字に歪めると下唇を噛みしめる。

しかし、すぐに耐えられなくなったのか、艶めかしい声をあげて腰をたまらなそうにくねらせた。

「ああっ、も、もうダメ、許して……」

「それなら教えてよ、どうしてほしいのか」

両手の指先で乳首を転がしながら、膣の浅瀬も刺激する。佳正の性欲も限界に近づいていた。

「オ、オチ×チン……ああっ、佳正くんのオチ×チンを、わたしの……オ、オマ×コに挿れてほしいの」

ついに絵那の唇から挿入をねだる言葉が紡がれる。具体的なことを言わせたことで、佳正の欲望も爆発的にふくれあがった。

「挿れてあげますよ……ふんんッ」

両手でくびれた腰をつかみ、一気に根もとまで突きこんだ。

「あああああッ、い、いいっ」

絵那の背中が大きく仰け反り、感きわまったような声がほとばしる。もしかしたら、今の一撃で軽い絶頂に達したのではないか。膣道全体が猛烈に締まり、ペニスを思いきり絞りあげていた。

「ううぅッ、す、すごいっ」

そのままの勢いで腰を振りはじめる。勢いよくペニスを突きこみ、奥の奥までかきまわした。

「はああッ、こ、これ、これがほしかったのっ」

焦らしに焦らされたことで、絵那は最初からよがり泣きを響かせる。自ら尻を突き出して、男根を深い場所まで迎え入れた。

「おおおッ、き、気持ちいいっ」

佳正も呻き声を抑えられない。凄まじい快感が全身を駆けめぐり、我慢汁が大量に溢れている。射精欲も急速にふくれあがって、頭のなかが燃えるように熱くなった。

「ああッ……ああッ……い、いいっ」

ひと突きごとに、絵那の喘ぎ声が大きくなる。

身体も小刻みに痙攣しており、小さな絶頂をくり返している可能性もある。とにかく、これまでにないほど感じているのは間違いない。浴槽の縁を強くつかんだ立ちバックで、あられもない声をあげている。

「くおおおッ、え、絵那さんっ、おおおおッ」

愛する人の名前を呼びながら、無我夢中でペニスをたたきこむ。濡れた媚肉をかきわけて、亀頭で子宮口をゴツゴツとノックした。

「あああッ、い、いいっ、佳正くんっ」

絵那も喘ぎまじりに名前を呼んでくれる。それがうれしくて、激しいピストンがさらに加速した。

「おおおッ、おおおおおッ」

「あああッ、はあああああッ」

もはや言葉を発する余裕もない。

ふたりは息を合わせて、とにかく腰を振りつづける。時間をかけた前戯で限界まで昂っていたため、あっという間に絶頂の嵐が湧き起こった。やがて身も心もひとつになり、快楽の大波に呑みこまれた。

「おおおおッ、で、出るっ、出る出るっ、ぬおおおおおおおッ！」

「あああッ、い、いいっ、あああああッ、イクイクッ、イックううううッ！」

佳正の咆哮と絵那のよがり泣きが交錯する。ふたりは同時に昇りつめて、深くつながったままガクガクと痙攣した。

「おおおッ、き、気持ちいいっ」

「あああッ、いいっ、こんなのはじめて」

絵那が振り返り、佳正は唇を重ねて舌をからませる。

立ちバックでつながったままのディープキスだ。その間も佳正は精液をドクドク注ぎこみ、絵那は膣をうねらせながら受けとめる。絶頂しながらのキスで、頭のなかがまっ白になった。

「好きだ……絵那さん、好きだ」

「わたしも、佳正くんが好き……大好きよ」

凄まじい快楽のなか、うわごとのように愛を語る。

熱い涙が溢れて頰を伝う。人は幸せすぎても泣くらしい。愛する人を絶対に離さない。この幸せを全力で守ると心に誓う。

ふたりは頰を濡らしながら、いつまでも腰を振りつづけた。

エピローグ

佳正くんは、今日も元気に出かけました。

わたしも、そろそろ仕事を見つけるつもりです。いつか家を買いたいから、ふたりでがんばろうって話しています。

今、とっても幸せです。

ごめんなさい。すごく幸せなのです。

あなたに言わなければならないことがあります。

ずっと前から……そう、わたしが家庭教師をやっていたときから、佳正くんの気持ちはわかっていました。

告白されたわけではないの。でも、純粋でまっすぐな想いが伝わっていたのです。彼は不器用で照れ屋さんだから、わたしには直接言うことができなかったみたいです。

そんな佳正くんのことを、わたしもかわいいと思っていました。でも、それは恋愛感情ではなくて、弟のような感じだったのかな……。

でも、あの夜、教授に迫られて、すべてが変わってしまいました。教授のことは尊敬していたけど、あんなことになるなんて……。

あなたが告白してくれたのは、あの夜の少しあとでした。

わたしが落ちこんでいるのを見て、元気づけてくれたのがはじまりでした。

あなたがいたから、今のわたしがあります。あなたとおつき合いしていなければ、きっとわたしは消えていたでしょう。あなたが、わたしの傷ついた心を救ってくれたのです。

でも、あの夜のことは、最後まであなたに話せませんでした。

どうしても、知られたくなかったのです。

わたしたちが夫婦としてうまくやっていくには、打ち明けないほうがいいと思いました。だって、あなたは繊細でしょう。わたしの過去を知れば、きっと苦しめることになってしまう。だから、打ち明けられなかったの。

でも、それがいけなかったのかしれません。わたしは最後まで、あなたに心を開けませんでした。ごめんなさい……。

あなたは、わたしにたくさんの愛をくれました。わたしは、あなたになにかを渡せたのでしょうか。

もうひとつ、謝らなければならないことがあります。

あなたとの最後の約束……三回忌までは喪に服して、そのあとは、好きにしていい……。

最低の嘘をつきました。

佳正くんが罪悪感を抱いていたから、少しでも薄めてあげたかったのです。佳正くんを苦しみから解放してあげたかったのです。

仏壇の前でセックスをしたのは、すべてを終わらせるためでした。

わたしは、佳正くんの家庭を壊したのです。

お母さまが苦労なされて亡くなったのは、わたしのせいなのです。

わたしみたいな女は、幸せになってはいけないのです。

だから、ひどいことをして、あなたにも、佳正くんにも嫌われようと思いました。自分ですべて壊して、あきらめるつもりだったのです。

あなたが大切にしていた塾も売ってしまいました。佳正くんには、なにも告げずに姿を消しました。すべてを捨てて田舎に帰りました。もう二度と、東京には戻らないつもりでした。

わたしは幸せになってはいけない。幸せになる権利はない。そう思っていたのに……。

佳正くんは、こんなわたしを迎えに来てくれました。

不器用だけれど、正直な人です。わたしにはもったいない人です。わたしのことを、とても大切に思ってくれています。

わたし、幸せになってしまいました。

あなた、ごめんなさい。

許してもらえるとは思っていません。ただ、最後に言わせてください……ありがとう。

※この作品は、イースト・プレス悦文庫のために書き下ろされました。

イースト・プレス
悦文庫

そぼ濡れる未亡人

葉月奏太(はづきそうた)

2023年7月22日 第1刷発行

企画 松村由貴（大航海）

発行人 永田和泉

発行所 株式会社 イースト・プレス

〒101-0051
東京都千代田区神田神保町2-4-7久月神田ビル
電話 03-5213-4700
FAX 03-5213-4701
https://www.eastpress.co.jp

印刷製本 中央精版印刷株式会社

ブックデザイン 後田泰輔（desmo）

ISBN978-4-7816-2223-1 C0193